树仙斋携手中国社会科学出版社发出关爱自然和他人的倡议，

而这些不起眼的实践将点燃改变地球环境的希望。

酷号: 14357578

本书视频下载

与地球同行的
7日之旅

[韩] 洪渊美　著

中国社会科学出版社

图字：01-2012-1621号

图书在版编目（CIP）数据

与地球同行的七日之旅 / (韩)洪渊美著；(韩)金重模译. —北京：中国社会科学出版社，2012.4

ISBN 978-7-5161-0577-1

Ⅰ．①与… Ⅱ．①洪… ②金… Ⅲ．①随笔—作品集—韩国—现代
Ⅳ．①I312.665

中国版本图书馆CIP数据核字(2012)第031887号

责任编辑	武　云　路卫军
责任校对	张瑞萍　刘俊武
封面设计	苍海光天设计工作室
技术编辑	王　超

出版发行	中国社会科学出版社	出版人	赵剑英
社　　址	北京鼓楼西大街甲158号	邮　编	100720
电　　话	010-64036155（编辑）　64058741（宣传）　64070619（网站）		
	010-64030272（批发）　64046282（团购）　84029450（零售）		
网　　址	http://www.csspw.cn（中文域名：中国社科网）		
经　　销	新华书店		
印刷装订	北京画中画印刷有限公司		
版　　次	2012年4月第1版	印　次	2012年4月第1次印刷
开　　本	787×1092　　1 / 32		
印　　张	7.75		
字　　数	157千字		
定　　价	32.00元		

危情地球，你就是希望！

　　我属于很容易与他人在感情上产生共鸣的人。痛着他人的痛，乐着他人的乐，常常如实地感受到他人的感情。所以泪也多、笑也多。听了别人痛苦的故事，会比说故事的人流的泪都多，所以常常是当事人反过来安慰我说："不是那么伤心的事啊。"

　　这种共鸣能力也许给许多人带来安慰吧，因为从儿时开始便常常发挥着倾听他人故事的作用。人们即使没有听到许多安慰的话语或解决问题的对策，但只要看到我那共鸣的表情就好像得到了许多安慰。虽然我的共鸣能力在一定程度上是与生俱来的，但是10年来的冥想使这一能力更加敏锐、细致。共鸣对象也从我周围的人扩大到地球。这种与生俱来的共鸣能力赋予了我传达地球声音的使命，或许这就是我的命运。

我所交流的地球是母亲的模样。母亲倾注着无限的爱，但当子女不听话、误入歧途时，却果断地举起藤条。地球与我们的母亲极为相似。然而向人类举起藤条的地球母亲却十分痛苦、疲惫。是谁让我们的地球母亲如此疲惫呢?

我称地球母亲为"盖娅"。与地球交流的我能同时感受到母亲和希腊神话中盖娅女神的模样。

与"盖娅"的对话始于日本地震以后，之后为了与盖娅进行更深的交流，我进行了7日的徒步旅行并与其进行对话。徒步旅行始于新万金，止于生态共同体报恩。边走边对话，我知道了这一事实——地球目前正身患难以恢复的重病。正处于呼吸急促、发烧40度、身患癌症而躺在重症监护室的状态。地球正独自忍受着难忍的痛苦。

我很后悔。"为什么没能早点给予关心呢？""我是不是对脚下的地球——巨大的生命体太漠不关心了？"

出书的理由是想告知人类我从地球盖娅那里直接听到地球之痛：如果人类一如既往地继续漠视地球之痛，那么这种痛苦就会马上成为人类的痛苦。我还想告诉人类：地球变成目前这种状况的原因是人类离自然越来越远，只有当人类最终回到与自然共存的生活状态时，这些问题才有可能解决。

被人类破坏的、伤痕累累的地球母亲目前正在独自进行自我治疗。世界各地发生的异常气候、自然灾害等都是失去均衡的地球为了寻找自然节奏，为了找到均衡与和谐而进行的自净行为。虽然对于遭受这种自然灾害的人类来说是一种不幸，但是对地球来说却是难以避免的运动，也是唤醒人类的方式。

地球正面临地球史上最重要的时期，盖娅正渴望我们人类进行改变。人类是地球上唯一具有自由意志的物种，也是将地球变得如此不堪的元凶。盖娅希望这样的人类能够觉醒，成为有益于地球和其他生命体的存在。

写这些文字的这一瞬间，我脑海中浮现了盖娅殷切的嘱托：人类的时间不多了……在还来得及的时候，请让他们醒悟吧。

我想在为时未晚之际告诉大家地球盖娅的存在，传达盖娅殷切的嘱托。希望这是对长久以来守护地球、施爱于地球上所有生命体的盖娅的一个小小的回报。

向使我们重新认识地球与所有生命体的盖娅表达深深的爱意，并向为使本书得以出版而给予帮助的所有人员致以深深的谢意！

2011年9月

洪渊美 于报恩

目 录

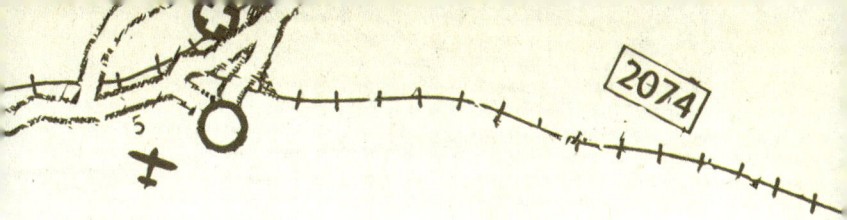

❹ 旅行第4日

跨越报恩车岭——并非结束而是开始的公告

❺ 旅行第5日

九屏山——对地球的爱与渺小实践

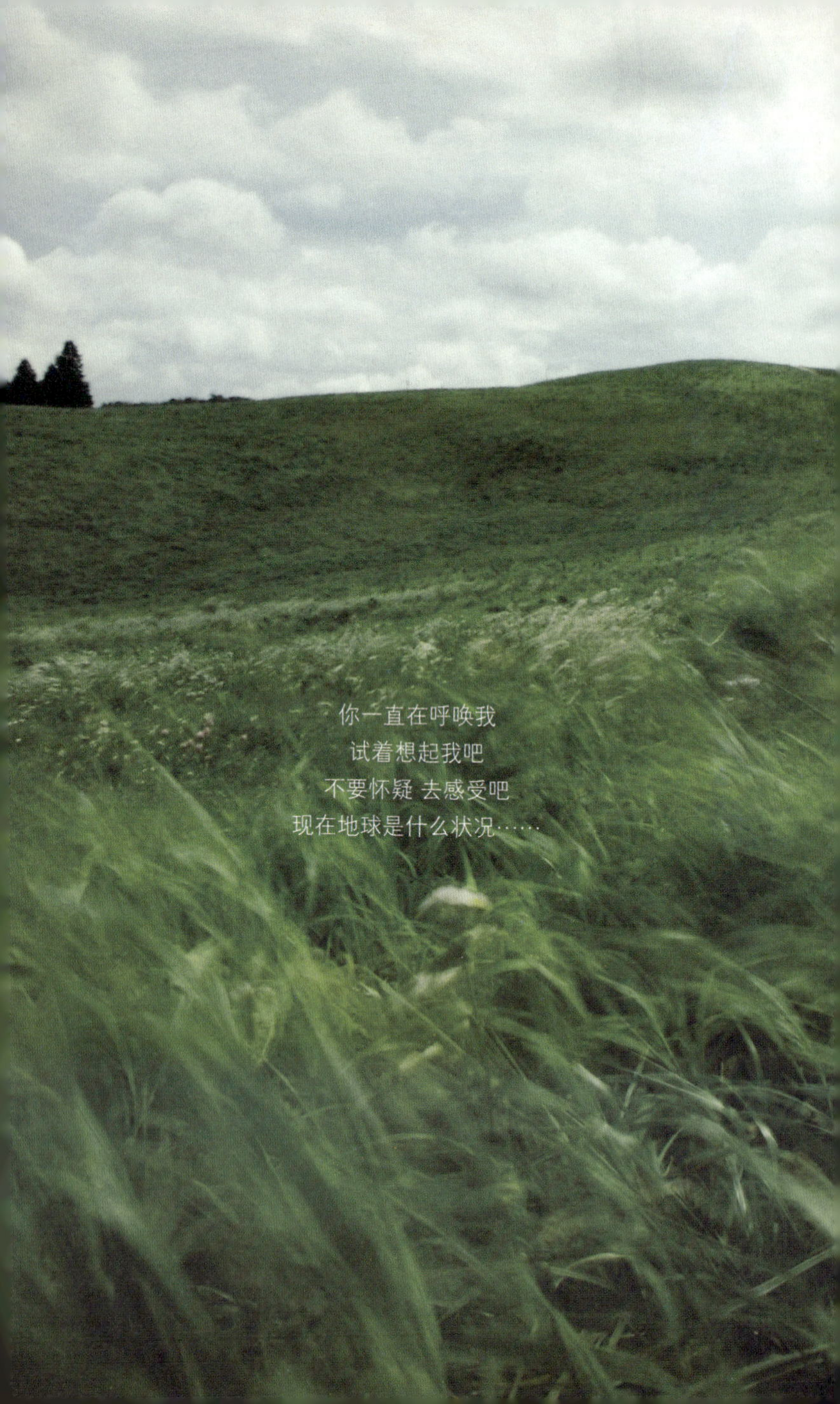
你一直在呼唤我
试着想起我吧
不要怀疑 去感受吧
现在地球是什么状况……

Part 1

呼唤我的声音

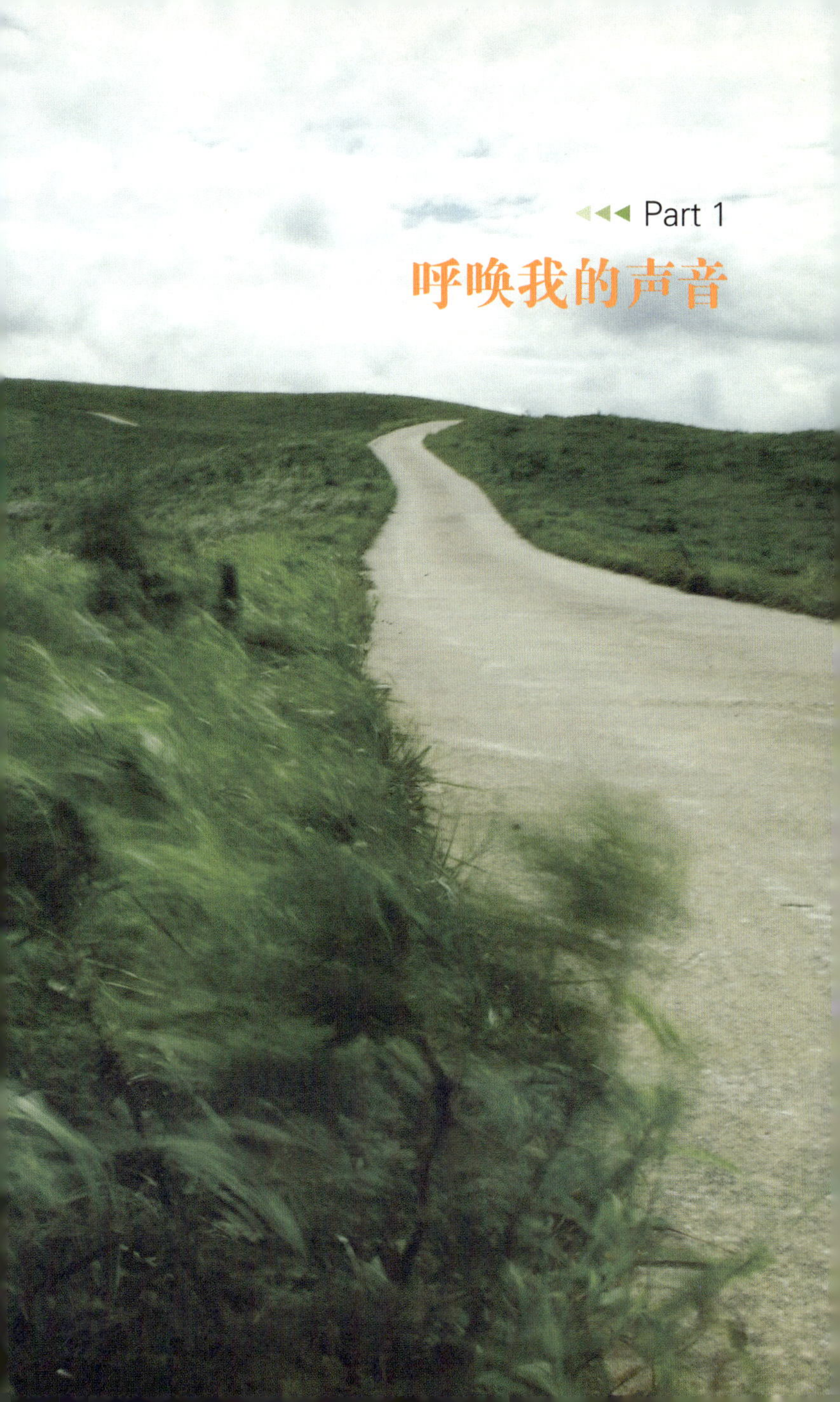

1

噩 梦

漆黑一片，四周空无一人，孤独恐惧笼罩着。

"有人吗？"

伸出手却什么也没抓到。四周漆黑一片、没有一丝光亮，只剩下死亡般的恐怖。突然什么东西塌落下来，灰尘不断地进入口中。我不断地往外吐，但唯有窒息般的灰尘倾泻而来。

"救命！有人吗？"

我急忙哭喊着叫人，但是声音却最终被淹没于建筑残骸中。我挥舞着双臂如野兽般叫喊，但是惊叫与泥土一同消失在口中。这时从某处传来隐隐约约的声音。

女儿……

"妈妈！是妈妈吗？"

正在虚空中不知所措时，被突如其来的钝重疼痛惊醒。台灯倒在一旁，汗水浸湿了手掌。原来是个梦。极其可怕的梦。

自从2011年3月日本福岛地区发生海啸后，我就不断地做着这个梦。平时很容易与他人产生情感上的共鸣，但自从日本地震后我看到了受害者的模样，在传述着他们的痛苦的同时也感觉到这种痛苦压抑着自己。并且这种痛苦没有消失、一直出现在梦中。通常流一两次眼泪后就会变好，但是这次感受到的情绪有些不同。痛苦没有消失而是残留在潜意识中。

电视中连日播放着日本海啸的灾难画面。大地震残酷地使人们生死离别的场景投射在晃动的摄像机上。被涌来的海啸冲开了抓住女儿的手而独活的母亲，将3岁的孙子紧紧抱在怀里死去的奶奶，在已无形体、满目疮痍的房基中早已不知家人去向，只剩下一张全家福……他们因瞬间失去了家人和生活的根基而茫然若失的模样刺痛了我的内心。

海啸瞬间吞噬了建筑物和房屋，坚硬的混凝土墙壁犹如无力的纸张般倒塌，村庄瞬间被连根拔起。席卷了日本的地震太真切、太可怕了。不知是因为恐惧还是因为失去家人的人们的痛苦，悲伤强烈地涌上心头。看着电视屏幕里他们留下的泪，我也止不住流泪。

"该怎样安慰他们才好呢？言语难道能让他们得到安慰吗？……"

难过的内心深处不禁开始祈祷。希望还被埋在废墟中的人能够快些得到救援，希望失去家人、遭受痛苦的人们的疼痛能够得到治愈，我只能在内心深处祈祷。

2

地球母亲在哭泣

　　像平时一样，躺下想要睡觉，但是不知答案的问题却接踵而至。遭受地震灾害的日本人民为何要遭受这样的事？孩子们有什么错要在那么恐怖的经历中死去？在自然灾害面前，人类是无能为力的存在吗？发现地震震中，收集报道受害事例之后就有安全的保障吗？就应该干等着遭受灾害吗？

　　雪上加霜的是，据新闻报道，日本地震导致两个核电站爆炸，而地震余波使放射能在逐渐扩散。现在日本地震不再是他人之事，而是我自己的事了。离日本最近的国家——韩国，虽然韩国政府保证没有受到危害，但是在化解国民的恐慌方面却做得不够。检测出雨水和农、水产品中有放射能的报道接踵而至。世界逐渐陷入了恐惧中。

由于这种不安的状况，我不断地做着难解的噩梦，而不知其原因更让我感到烦闷。各种思绪萦绕心头，使我夜晚难以入眠，于是入座进行冥想。我进行深度呼吸，反复吸气和呼气。但是呼吸一直不稳。昨天的噩梦、烦闷的问题、对放射能的恐惧思想乱成一团，难以集中精力。

暂时冷静了一下头脑，然后再次坐定。对于不解的问题或许通过冥想可以获得答案，我试着将这种想法集中于丹田。我感受到了沉寂。就那样集中着，呼气、吸气……

"我好痛苦……"

"什么？"

"……"

有人对我说自己很痛苦。虽然吓了一跳，但是我深呼了一口气使呼吸稳定下来。

"您是谁？"

"……"

"您说自己痛苦了吗？"

"……如果是你的话会理解吗？"

"我吗？"

"悲痛……十分悲痛。"

声调低沉但异常明显。有人正找到我向我传达悲痛。做过的非常真切的梦也是如此，肯定有什么理由。悲哀与疑问一同涌现。

"您是谁？"

"……"

"我想知道您的悲痛是什么。"

"你是我的一部分，大地、大海、风、树……所有一切都是，都在我怀里。"

"您是说都是您创造的吗？"

"从最初就在一起。"

"您是……"

"我叫地球"

"地球？ 地球吗？ 我生活的地球？"

"你一直在呼唤我。"

"我吗？"

我正与地球进行对话吗？难以置信。

"相信吧。你不是正在与其他对象进行交互感应吗？"

"但是我与地球……"

"请相信吧。只有相信，你与我的对话才会变得清晰。"

"真的吗？地球有意识吗？"

"试着想起我吧，就像你进行冥想那样。"

"不会是地球给我答案吧……"

"不要怀疑，去感受吧。感受地球现在是何种状态。"

"……"

我一想到要想起并感受地球，内心就犹如撕裂般疼痛，泪水开始往下流。突然从深处爆发的哭泣让我许久难以呼吸。

"流泪了。泪水止不住……"

"……"

"我伤心，我感到一种挫败感，这甚至让我无话可说……"

"这就是……（深叹一口气）我现在的状态……"

与地球的邂逅就这样开始了。

3

决心徒步旅行

　　写到这里，我好像应该对与其他对象的交互感应进行说明。并不是世间所有的存在皆可通过言语进行对话或交流。正如有时仅仅根据一个人的表情便可掌握其心情一样。优先于语言传出的细微波长是能够无偏见地理解接受对方的方法。这种通过波长来感受其他对象或与其进行对话，就是交流的一种方式。

　　能够通过与自然或其他对象的波长进行交流，这是十余年来进行冥想的结果。走入林中便能感受到树木的感受，看到动物便能感知它们的状态。与生俱来、与众不同的共鸣能力通过冥想得以锤炼，深呼吸便能够直观地感受到他人的状态，并感知他们的信息或状态。

日本海啸后，我感受灾民痛苦的同时，未解的疑问持续不断，偶然间开始了与地球的交流。然而我却感觉与地球的邂逅不仅仅是偶然。不知为何总感觉一直以来与其他对象的交流是为了与地球进行交流而做的准备。而且觉得现在自己正处于所要做的事情的起点上。

与地球的对话

地球，地球……能与您对话吗？

……可以。

想起您为什么会如此热泪纵横、悲伤难忍呢？

你的眼泪是因为感受到了我的疼痛。我再也无法忍受身体上遭受的疼痛了，然而地球上大部分的人类对我的痛苦全然不知。我为它们提供了得以立足的土地，为所有的生物提供了生长的空间和生存的食物，而他们对我的病痛漠不关心。人类的冷漠和寡廉鲜耻使我身心千疮百孔。我真想放弃期待和希望。

啊……太对不起了。我要为人类的无知冷漠以及持续不断的利己行为真心地向您道歉。我能感觉到您所遭受的痛苦。地球，我该怎样理解你呢？

请通过与我的对话把我的想法和当前的状态广布人间。如果是你的话，应该有可能吧？对人类能否轻易做出改变我虽然疑虑重重，但是如果您能稍微地感受到我目前的心境和情况，请帮一帮我。最终这也是帮助全人类的方法，因为我和人类是同一个命运共同体嘛。

好的。虽然不知道我能否做到，但是我想帮您。我该怎么称呼您好呢？

叫什么都好。

刚开始我好像听到的是一位男性的声音，之后听到的又是女性的声音。

这就是男女俱在的地球所具有的表达方式，您可以这么理解。我既不是女性也不是男性的一种状态。

但人们为什么会称您为"盖娅①女神"呢？

地球包怀养育了所有的生物，具有母亲般的品质，所以才会被称为"女神"。

我能叫您"盖娅"吗？

也不坏，好的。

最近邻国日本发生了9级以上的强烈地震。当前全球各地随时都会发生气候异常和自然灾害，对此，我可以提出疑问吗？

————————————

① 盖娅：是指希腊神话中的"地球女神"，也被称为"万物之母"，英国科学家詹姆斯·洛夫洛克(James Lovelock)提出"盖娅"理论，即，地球作为一个巨大的生命体，为了维持适合生物生存的最佳条件而不断地进行自我调整、自我变化。

这是我身体伤痛的表现。

原来如此啊。发生大事才对您引起关注。然而许多人对您目前的状态或者大自然的属性一无所知，所以它们不知道哪些行为是错误的，也不知道该怎么办。现在开始努力的话人类会理解您的状态吗？

我想会的。

能再具体说说您目前的状态吗？

我已痛到再也无法忍受的程度了。地球内部的温度在不断上升，地壳也在持续不断地运动着，随时随地都有喷涌而出的可能。每一块土地都已经被挖掘开采，所以我已经是"体无完肤"了，因而再也无力阻挡来自外界的"坏气"了。此外，随着全球城市化、工业化之风越刮越烈，所有的土地已经被覆盖住，所以我身上还能呼吸的皮肤已经不多了。可以说，我现在已经是皮肤癌患者了。

并且，树木被采伐，我从此难以维持正常的体温，严寒或酷暑只能毫无保留地表现出来。我当前已经是光秃秃的样子了。如果将被污染的海洋以人体中的部位比喻的话，可以视为人体的血液被污染，处于动脉硬化的状态。请想象一下满是油垢和油渣的血管吧。甚至于人类夷平山脉的行为也是在对我割骨抽髓。您能想象出来我所遭受的痛苦吗？

在我身上，一处完好的地方都找不到了。

您如此疼痛啊！但是我有个小小的疑问——城市所占的土地有那么多吗？我觉得被良好地保存的森林地区更多，海洋也是洁净的海水比污染的海水更多。

你是因为不知道自然存在的原理才会这么想。自然如此存在有其理由，如果人为地改变或严重地破坏它，就会出现毁坏它的现象。城市化和工业化导致的自然破坏程度和污染程度在人类看来可能是微乎其微，但是从自然的立场上来看，却会对其产生重大影响。

请想想生活在城市中的人口数量，那么多的人口使用矿物燃料、使用水，不断地产生垃圾，制造化学药品和工业产品，这些都同时给自然带来致命的污染。如果说这一程度小的话，那么地球65亿人口与他们非自然的生活方式，以及制造的污染物，这些谁能承受得住，该如何承受呢？

人类目前正在使地球与生命体遭受致命的打击。很难完全理解它也是人类自己的问题。等到所有的一切都已灭亡的最后瞬间才理解它，那可真是愚蠢至极了，不是吗？我又想发火了。人类的冷漠与愚蠢何时才会停止呢？

对不起。我未能察觉您遭受如此严重的痛苦。作为使您陷入这种境地的人类中的一分子，我无言以对。如今您所遭受的痛苦已经传达给了我，我此时才知道了我们的所作所为。我从心底明白了全球各地出现的气候异常和自然灾害是极为理所当然的事情了。实际上，人类只对自己的利益或痛苦反应敏感 。

是的。地球上大部分的人类对我的痛苦全然不知。

我为他们提供了得以立足的土地，为所有的生物提供了生长的空间和生存的食物，为什么人类对我的病痛漠不关心。人类的冷漠和寡廉鲜耻使我身心千疮百孔。所以我还能期待什么呢？

开始与我交互感应的地球十分疼痛、悲伤。我真心理解地球的这一疼痛，为了与地球进行更深层次的交互感应，我该做什么好呢？

初见他人时，要收集其基本信息。比如年龄、性格、喜欢的东西……我觉得，若要与地球进行交互感应，就要了解地球。所以我去图书馆查找地球科学和地球环境的相关资料。但是对于教学二十多年、身为主妇的我来说，地球科学故事太难了，环境故事也不过是那些人人皆知的故事。总之一句话，不能很好地理解也很难产生共鸣。啊，难道没有更容易理解地球的方法吗？有气无力地走在回家的路上，这时脑中忽然浮现出一个念头……

"对！就是这个！行走！"

当不解的问题涌现时，漫无目的地走走的话，思维与内心常常会自然而然地得到梳理。

我要用双脚接触大地来感受地球，感受地球的疼痛，感受地球的悲伤。为了理解地球母亲，为了与其进行交流，我要进行徒步旅行。

正是如此。

拥有众多生命体的江河海洋，

拥有辽阔的草原与沙漠的陆地、山地、平原、田野，

一个万物存在的地方，一个万物在协调中不断变化和进化的地方，

一个美丽的星球。

这一切就是您——圆圆的蔚蓝的星球——地球！

感觉到您的内心疼痛，孤独如风掠过。
您是辽阔的大地、是宽广的海洋。
您以暴风、雨雪养育着我们。
您的胸怀孕育着万物，您是万物之母。
我感受到您的内心
感受着您的气息。

爱使万物成长。
爱是使万物发挥本来作用的原动力。
地球盖娅之爱既是对地球所有生命体的爱，
也是对他们的实质性的关怀。

Part 2

与地球母亲——
盖娅的旅行

笔者7天走过的路线

忠清南道

保宁

群山

新万金

全州

徒步旅行的第1、2天的路线是乘汽车从首尔到新万金，从新万金到大清湖，从大清湖到报恩的各目的地，余下的区间通过步行与地球进行交流。

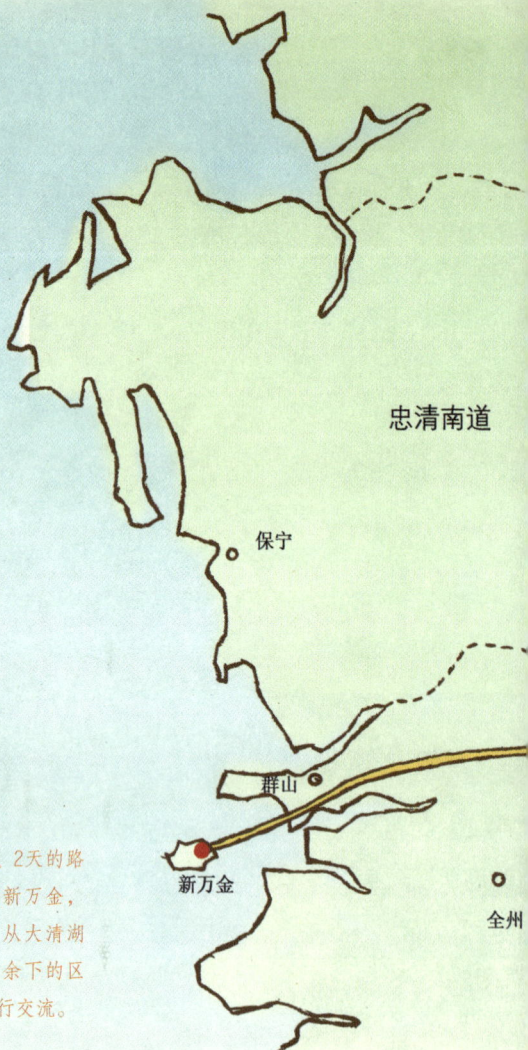

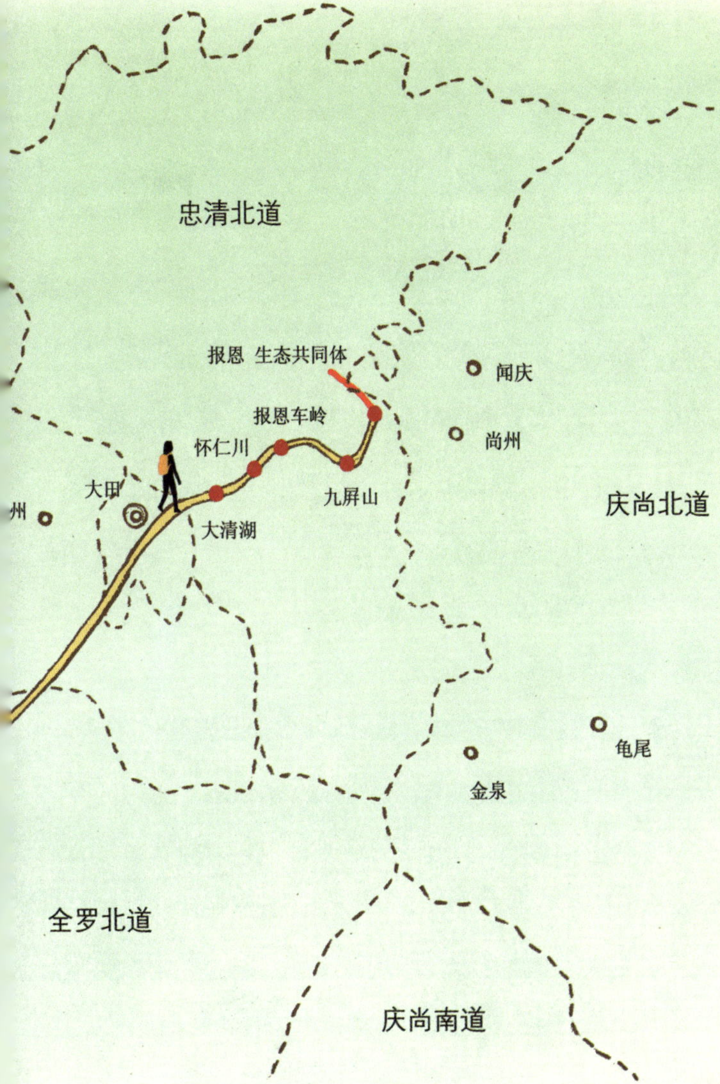

忠清北道

报恩　生态共同体

报恩车岭

怀仁川

大田

大清湖

九屏山

闻庆

尚州

庆尚北道

龟尾

金泉

全罗北道

庆尚南道

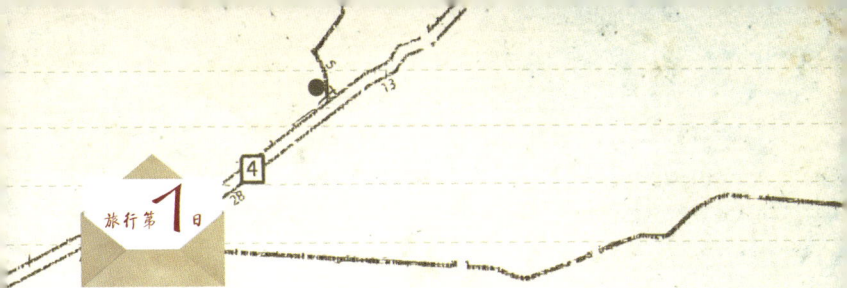

新万金——
流淌在大地的哀痛

旅行的始发站是新万金的防波堤。选择新万金没什么特别的理由。展开地图正思索着去哪里好呢？这时我想起了几年前一位前辈拼命地反对开发新万金，在防波堤纠缠了一周左右。当时，前辈的折腾看起来很可笑，同时也惊讶于他的热情。回想起来，我好像只是用头脑去理解了那位前辈想要做的事情。真是愧疚的记忆。当时我要是再努力地给他加加油就好了……

许多环保团体曾冒死反对开发的地方——新万金。我决定去那里。一大早就开始忙乎。天气预报说有暴雨，出发前雨就下个不停。在雨中开始的旅行会是好的选择吗？……天气又加重了我连续几天的忧郁心情。

仅仅依靠模糊的记忆好像难以对新万金防波堤与地球进行深层次的交互感应，于是我查找了新万金的相关信息。新万金防波堤长达33km，是一个在众人的权力斗争中被开发的地方。新万金防波堤以前被称为新万金沙滩，因其巨大宽度而被评为世界五大沙滩之一。作为水质净化地、自然灾害预防地、鱼类产卵地、候鸟中途着落地等，在生态系统中一直发挥着重要作用。① 然而在历届从政人员所谓的经济开发和创造就业机会的名义下，新万金防波堤这一人工命名取代了新万金沙滩。

由于泛宗教四大团体及国内外环境运动团体的反对运动和法院的终止执行，以及为吸引国民选票的政治家们的压

---

① 在地球，包括沙滩的湿地具有最丰富的生物多样性。出于这种生态学的起因被誉为"生态学超市"。与周围的生态界相互循环的功能被称为"大地之肾"，同时为各种海洋生物提供栖息地，也被称为"海洋生物的子宫"。研究结果也表明，从单纯的经济利益角度来讲，沙滩的价值是农耕地的3.3倍。

像人类占领新万金一样，旗帜在飘扬。人类可能占领自然吗？

力，新万金沙滩最终于2006年4月脱离大海。

从首尔出发，经过了3个小时的雨中奔跑来到了新万金防波堤。幸运的是，瓢泼大雨已消减，而我也可以四处看看防波堤。新万金防波堤可谓是人类向自然下的战书般规模巨大。在填埋的沙滩——围海造田地段上形成了一条宽广的大路，犹如人类胜利的象征般，将海洋与围海造田地段豁然分开。

乌云笼罩着银灰色的大海。迎面吹来的海风透着冷清。大海失去了广阔的沙滩后，迎面遭到由石子和水泥堆砌的寒酸的防波堤的撞击。看了看对面，沙滩消失，四周的山被刨，其泥土被用来填埋沙滩。

挖掘机刨掉的山脉赤裸裸地露出了身躯，看到此景，我感到在伤口上撒盐般疼痛。自然原封不动地在那，只是待在那里，然而人类却以开发的名义一直在折磨着她。到底为什么要做出这种事呢？我不知不觉说出这句话。到底为了什么人类会做出如此残忍的事情呢？一想起新万金便内心惆怅、疼痛的原因就在于此。

新万金的沙滩

地球，盖娅……我想进一步地感受您并与您对话，所以来到了这里——新万金。新万金是围海造田的地方，几天前看了有关这里的事情和照片，心疼得想哭。实际来一看，人工防波堤阻隔了海水，巨宽无比的沙滩被填为干地。您放眼新万金是何感觉呢？

你不是已经在感觉了吗？来到这里之前，对于自然遭到破坏，你不是心痛了吗？自然正在哭泣。奄奄一息的沙滩，生活在那里的动植物现在都消失了。围海造田，所造之田能够像沙滩那样起到连接大海与土地的作用吗？由于人类的贪欲和无知，这种事情到处都在发生。因为我哭，你才如实地感觉到。生命体被杀害、土地被破坏，看到喜欢什么"开发"的人类，我真的是无话可说。人类的所作所为将来都会报应到自己身上。

您这么严厉地斥责人类啊。请您谈谈沙滩，好吗！不仅韩国，大部分国家长久以来都认为沙滩是"无用之地"而将其视为开发对象。从地球整体来看，沙滩是个什么样的地方呢？

沙滩是海洋生命体的活动空间。也是连接海洋与陆地的中间地带。沙滩的形成能够过滤许多污染物质，起到净化的作用。它是使水得以净化的自然净化装置。西海的海水虽然看起来有颜色，但是沙滩的存在使其很容易便得以净化。

那么拦住了沙滩会发生什么事呢？

这就好像切断了陆地与海洋间的疏导空间。会产生什么结果呢？那就是海洋与陆地都被污染。而且生活在中间地带的所有生物都消失了，许多海洋生物的产卵地

  身体被截断的鲸鱼尾巴的模样好像形象化了隔绝于大海的新万金。是一个让人感觉犹如布满乌云的天空般沉闷的形象。

　　想要创造新的文明，可现在的文明却了无痕迹地消失了，不是吗？

　　看着新万金防波堤，我不禁担心不尊重生命的命运之刀将会伸到何处？

消失了，鱼种也消失了。海洋与陆地是各自存在的，也就是说缓解其冲击和污染的地方消失了。此外，以前陆地上的污染物和垃圾都会被沙滩上的微生物和生物们处理掉，而现在却直接流入大海，海洋的负担也加重。

然而实际一看，如此费力开拓的土地也没有很好地得以利用。

围海造田，所造之田很难充分发挥真正土地的作用。栽培农作物尚可，然而却不能成为适合人类生存的场所。自古以来人类就择地盖房、建村庄，这是有理由的。填埋而成的土地很难如实地发挥土地的作用。

这一点我体验过。走入填海之地容易造成身体膀肿，因水汽而出现问题，觉得很难生活在这种地方。如同坐船的感觉。

是的。并不是填土便成为陆地，而是一直具有海水的气息。土地有土地存在的理由。围海而成的土地不同于经过长期的隆起堆积而形成的土地。

原来如此啊。不会对植物或动物造成很大影响吗?

　　植物依其种类而有所不同。有些植物可以生存,而有些却难以生存。陆地动物也不可能喜欢潮湿、充满海洋之气的地方。鸟儿们本来就生活于此或是依季节前来,所以没有关系。

走遍新万金各处后，已是傍晚时分。向居民询问了该地的情况后，我去了界火岛，顺便定下今晚的住处。被填为干拓地的界火岛已经不成岛了。

乡村会馆中有几位老人。以为我是因雨而来的外地人，有些意外。但听我说想要听听关于新万金的事情，便热情地让我进来。村里的老人们聚在一起准备着小豆刀切面，让我一起吃。浓稠的小豆汤像山民人心一样香甜。

我问他们是否因为下雨才都不去沙滩，他们说自己不怎么去沙滩。因为没什么可捉的。他们抱怨道，以前在沙滩上稍微动一动便足以为生，也能让子女上学，现在却成了失业者。

从失去生活的土地、不知如何生存的界火岛居民那里感受到的失落与悔恨之感油然而生。然而他们心里某处还对新万金开发抱有茫然的幻想。"新万金开发了，我们这一代会获得利益吗？子女那一代或许有可能吧？"从他们的话语中发现，自然不知何时开始已成为获得利益的对象……

海洋生命体的子宫——沙滩已成为自然的坟墓，海边的人们一下子失去了生活的基础和活下去的意义。在人类开发的广阔土地上正奔跑着汽车，展示着宏伟的开发计划。自然如何接纳人类的这一行为呢……

人类的自由意志与贪欲

地球，盖娅。

人们觉得，像新万金这样，虽然严重破坏自然，但是通过这种开发可使人类生活富裕、获得利益。如今这种理论已在全世界盛行，您如何看待人类的这一行为呢？

这是世界不断显露人类物质欲望面貌的一个层面。人类在很久以前就失去了真正宝贵的东西。追求眼前实际利益已填满了人类的内心。提出宏大的理论和名义来破坏自然和环境，却毫不关心自然变成什么样子。因为是共同闯的祸，所以就不是某个人的责任。

自然虽然不说话，但是如果到了再也无法忍受的地步就会开始可怕的报复。人类应该生发理解细致的自然之心、真正欲与自然共存之心。我希望人类能早日明白这一事实：自然不是人类可以随心所欲调控的。超过危险水平已经很久了。

人类对自然的理解和感觉好像比动物更发达。然而我们自己却认为"人类是万物之灵长"，并肆意对待地球上其他的生命体。您对"人类是万物之灵长"这句话怎么看？

人类这一物种在地球这个星球上发挥着影响力巨大的作用。既能破坏地球与其他生命体，也能根据自由意志，以发达的技术、进化的心灵与爱意向众多的其他生命体施以恩惠。因为人类是被赋予自由意志的物种。因此，在地球这一星球上，人类正产生着重大影响。

目前，人类的意识水平和文明达到了加重迫害地球的程度，可以说正在无视、践踏众多的生命体。

"万物之灵长"这句话被妄加解释，人类不应该任意摆布所有生命体，应该想着以爱为本，通过与其他生命体共存来实现共同进化。"万物之灵长"的意思就是成为这样的主导者。

人类虽然在物质上变得富裕，但是好像并没有变得更幸福。虽然生活条件改善了，但是被忧郁、精神病自杀等所困的人类却在增加。人类经历的不幸的根本原因是什么呢？

是无益的欲望。不同于其他的生命体，人类是贪婪的。不考虑其是否是生活真正所需之物，而是喜欢炫耀、展露自己。如果这一点未得到满足，或是有相对剥夺感的话，便会郁郁寡欢、变得不幸。

人类可以在小小的土地上一边耕种一边美好地经营自己的生活。但是人类现在却不是幸福的样子，而是被吞没于巨大的物质文明中的形象。其大多数欲望都是实际生活中所不需要的。所以人们做着很多没有必要的事情，我觉得有必要修整并重新审视一下人类的生活。

看来要重新思考人类这一存在了。希望明天还能见到您。

现代城里人好像生活在拥有的多才会"幸福"的幻想中。更大的房子、更好的车子、更多的薪水、更大的权力……然而人类好像忽视了这样一个事实：在人类的这些欲望中，自然病了，同时人类也病了。

以前就认识的一个熟人买了一套大房子后搬了进去。他和所有四十几岁的韩国中产阶级一样，都将买房视为自己的使命。但是他在酒席上说出的一句话令我印象颇深。

"搬到大房子后，我只幸福了一个月。然后我就不觉得房子大了。没有感觉了。剩下的只有因还贷而挣扎的人生。"

我们常常误认为：尽管物质不能买来幸福，但是只有物质多了才会幸福。我参观新万金的感受是，无论是新万金还是那里的居民，看起来都不怎么幸福。那么赋予新万金沙滩宏大的名义并对其进行开发的人们就感到幸福了吗？想起因人类无益的贪心而遭受伤害的新万金，感觉淅沥而下的雨仿佛就是新万金的眼泪。

雨中的新万金迎来了黎明。由于长久以来养成的黎明进行冥想的习惯，在东方露出鱼肚白之前，我便睁开了双眼。冥想中，以气和心来擦拭新万金和人们的痛苦。地球的疼痛就是人类的疼痛，所以我在大地（地球）的一个角落里为新万金和这里的人们祈福。希望能够治愈他们疼痛的伤口。压抑的感情和僵硬的心灵得以缓解。雨中，新万金和我在哭泣着。

大清湖——
地球活着的声音

徒步旅行第二日，今天我要去大清湖。因为看到了西海沙滩的疼痛后，我想知道江水和堤坝处究竟发生了什么事情，让大海落得如此境地。人类的伟大发明之一便是堤坝。据说堤坝是为了调节洪水和供给水源，然而我们仍对洪水束手无策，水资源仍然匮乏。因为这不是为了与自然共存，而是仅为人类自己的开发。尽管人类无法与自然对抗，但是却不断地挑战自然。人类真是傻瓜。

抵达大清湖时，雨仍然下下停停。老天爷正愁眉锁眼。走吧，雨又开始猛下。虽然打着伞，但是从脚底到膝盖以至于肩头，全身都被瓢泼大雨浇得湿透了。这时就这样放弃或许就舒心了。瓢泼大雨好像是再也无法饶恕人类利己之心的信号，我的内心极为焦急。希望这次旅行结束的时候，盖娅的心灵能稍微得以舒缓。

可能是突然进行长时间的步行，脚掌稍微有些疼。但是，与地球感到的疼痛相比，这点痛算不了什么。如果这点小小的痛能使我与地球进行交流，能给其带来安慰的话，那么疼痛本身也是有意义的吧。我边步行于雨中边一路真切地感受着地球，好像确实如此。我该如何向人们说明与地球进行交流这件事呢？科学家们估计地球的年龄是46亿年，然而实际上这一意识体存在了多久呢？不，人们会理解地球确实是活着的吗？

虽然离开首尔还不到两天，但是我觉得走路是对的。为了与地球进行更深层次的交流，我要将旅行进行下去。

　　被雨水击落的果实，在太阳出来后就会腐烂，而后化为大地的肥料，最终回归自然，并不违背自然的循环规律……地球上违背自然循环规律的存在好像只有人类。

地球女神 "盖娅"

盖娅，坦白地说，我对您的存在还没有明确的了解。您是怎样存在的呢？

我是地球的根源性意识。作为从太古之初到宇宙现存的地球意识，我包含了原有体系和运行地球的体系，是从整体上来观察地球的一种意识。就人类来说，既有无意识，又有本性吧？我是更接近于人类本性的概念。

有点难啊。能更简单地说明一下吗？

一个星球被创造，便会被赋予管理这个星球的意识。你可以这样想：正如自人类诞生的那一刻灵与魂便存在于天地间一样，星球作为生命体也拥有那种无形的意识体。

可能熟悉物质世界的人很难理解，但是你可以认为世间的一切生命体与万物都拥有灵魂。既是万物拥有的历史也类似于其独有的气息。

微生物也一样。并不是只有人类和动物才拥有情感和灵魂。理解了这一点，你便能够与世间万物进行沟通交流。因为有形的世界与无形的世界共存形成宇宙，而地球也正是如此。

您是何时诞生的呢？我想知道您的年龄。

我是500亿年前，因宇宙的完整计划而诞生的星球。星球的生成要经历各种过程，地球这一星球不是偶然生成的，而是宇宙根据各种存在按计划生成的。所以才如此灵巧地运行着。如果你看了地球的原理，你就会明白地球不是随意生成的星球。

那么为什么科学家们说地球的年龄是46亿年呢？

目前地球科学皆基于假设。这些假设都是依靠极为狭窄的领域和视角形成的，构成在某种假设上添加另一假设的形式，而只要其中一个假设不成立，其他的众多假设便都是错误的。

可以说知道地球确切年龄的科学家目前尚无。他们分析陨石和岩石才那么说，其实我的年龄只有我知道。地球是一个古老的星球。是一个生命体反复地诞生、灭亡、经历许多过程而形成的星球。然而这一切都是在宇宙的干预下得以实现的。

您太古之初时的模样与现在很不同吧？

从最初地球诞生到成为生命体得以存活的星球，先是作为原始星球存在了一段时间，而后经过了很长时间才创造了生命体得以诞生的条件。星球本身也是进化之物。

听了您的故事，我的思想好像变得更宽广了。从人类的观点来看，我觉得您从诞生到现在所生活的时间已经相当长了。对您来说，时间具有何种意义呢？

它是万物实现改变的要素。虽然从人类的观点来看是很长时间，但是对我和宇宙来说，时间是极为主观的，有时也是瞬间和刹那的。

500亿年的时间是很长的时间，也是实现许多变化的时间。所以，我作为地球生命体而存在，希望能够不断地进化。我活着不是为了存在，而是为了知道为什么存在，现在正是行星进化迫在眉睫的时刻。

您的话越来越深奥啊。您也像我一样活着、有感觉、有意识，然而人们却不知道这一事实。

地球呼吸的方法

对于您是生命体这件事，我希望您能再具体地谈一谈。活着的万物都会呼吸。人类用肺来呼吸，您是如何呼吸的呢？

地球呼吸的方法很简单。通过地球上的很多火山和极（南极和北极）来呼吸。通过呼气和吸气来放出地球内部的热量，起到调节温度的作用。大部分火山都在海洋中，我选择在海洋而非大陆的喷发方式，这种定期的火山喷发和地壳变动是我生命活动的一部分。

呼吸的地球内部是怎样的呢？科学家称您的内部是由地壳、地幔、外核、内核4个层次构成的，您的深处存在着什么呢？

在地球内部，由于地幔运动，地壳板块发生移动。而地球内部的核并不是完全填充的物体，而是空的物体。它起着吸收能量、向整个地球供给能量的作用，它保管自身能量的同时也能生成能量。它并不是通常流传的由铁和镍构成的物质。

啊，地球的内部是空的啊。这真是令人惊讶的事实！您刚才说火山喷发和地壳变动是您生命活动的一部分，坦白地说，我感觉最近它们的运动极为过度。

当然了。目前的火山活动和地震已超过了日常生命活动的程度。可以说这是地球体温上升，为了更快地排热、净化污染物质而产生的现象。这意味着身为地球的我正走向比正常功能更加过度的状态。

身体机能过度使用是指地球怎么样了呢？

我和人类的身体机能一样。虽然能够承受一定程度的负担，但是超过这一负担身体就会生病，如果这一现象反复出现便会得重病。现在地球的状态已经不是过度而是重病的状态。因此，我在拼命地净化难以承受的热气和污染。你觉得地震和火山运动变得严重，是因为我的状态非常糟糕。你能想象更为严重时会如何吗？

会接连不断地发生火山喷发和地震吗？

是的。我该怎么做呢？为了维持生命体，只有那样做才能够活下去，这就是呼吸的原理。就好像跑100m的人以最高的速度奔跑时难以像平时一样呼吸，我现在只有最大限度地进行呼吸才能受得了，已经到了喘不过气的状态。你可以把它看成是这样的原理。

哦，我明白了。就是说，您是为了生存才不得不这样呼吸。

是的。我再也无法忍受也意味着地球上的生命体也是如此。如果我死了，那么其他的生命体会全部死去。如果身为地球的我死了，人类还会存活吗？会与我一起死去。所以，我们是命运共同体。

作为生命体的地球

今天雨仍然如水弹般倾泻直下，所以我想看看天空是否有洞。我想知道怎么可能下这么多的雨。

含着雨水的云或低压气体使其成为可能。特别是每到梅雨季节如此的大雨倾盆，对人类来说多少会有些不舒服，然而对地球而言却是一种自然的现象。因为雨水消除了凝结的空气后会提供崭新晴朗的天气。梅雨过后的烈日炎炎正源于此。

我感觉到天气也是活着的。盖娅，我还想听听作为生命体的您的故事。正如人类有五脏六腑、呼吸系统、循环系统、神经系统那样，您也有具有这些功能的部分吧？

当然了。地球的各个大陆相当于我的五脏六腑，通过火山和两极进行呼吸。在海洋与大陆上进行大气循环，海水循环，大地中的地幔也在进行对流循环。通过这所有的运动和调节，作为一定的生命体都在发挥着作用。这些都算是地球活着的证据。

那么您也像人类那样拥有气流通的经络或调节整个生物体节奏的部位吧？

当然。我作为生命体是利用波长来调节气和地球整体的节奏。地球的频率就是这种节奏。7.8Hz就是地球的频率。地球上的生命体在这一节奏的影响下调节身体的节奏。你可以认为，不同的生命体都在发挥着各自的作用，并根据这一波长来调节生命活动。

有点难啊。

简单地说，正如人类之间用语言进行沟通一样，对地球上的所有生命体来说，这一波长就相当于沟通的语言。而且这一波长与地球生命体的节奏也一致。波长同时拥有信息和气。正如某个人所说的语言里，共同装载着气与息。

在地球的整体协调方面，我起的作用是通过这一波长使其实现和谐与均衡。每个生命体都在发挥着各自的作用、辛勤地运作着，而我作为指挥者统率着这一切。但是该统率仍是一种立足于地球与自然的规律和原则的协调。不是我随心所欲地改变自然法则。这是十分细微、细致、谨慎的部分。只有懂得地球与自然的原理才能做到。

这样啊。您的作用再次令我感到惊讶！对大自然和地球顿生敬畏之心、尊敬之心。

为了吃延迟的早饭，我来到了周围的一家小餐厅。因暴雨而变得冰凉的身体被一碗热腾腾的汤给融化了。看着热乎乎的汤，我想起了小时候母亲做的饭。那时，尽管吃的东西十分匮乏，但是却能从自然中获得很多东西。从田野里挖出荠菜做成汤，挖出艾草做成艾糕，稀稀拉拉地撕着刚从地里冒出来的生菜做成暴腌儿咸菜，比任何饭菜都丰盛。现在那里已被沥青覆盖、公寓林立，再也无法得到自然给予的恩惠了。而且由于沙雨、酸雨，现在再也不能尽情地享用四周生长的野菜了。也许人类是自己切断了自然赋予的恩惠。

吃完饭后猛烈直下的大雨也变得踌躇起来。由于倾泻直下的大雨，大清湖的湖水明显上涨。虽然是平日，但是前来观赏的人却非常多。树干的底部积满了水；树枝犹如散开的长发被水流吞没。水从大坝闸门处倾泻而下，仿佛就是尼亚加拉大瀑布。因暴雨而突然上涨的湖水与从堤坝处倾泻而下的水合为一体，水势汹涌湍急。仅仅从桥上向下望湖水都感到眩晕。

走到堤坝的上面一看，大清湖仿佛什么事情也没发生一样，寂静无比。只有流出堤坝的水在汹涌地倾泻着。

　　在那汹涌的水势下，无论大鱼还是小鱼都还能够存活吗？人类如此操纵水是自然的事情吗？担心与疑问互相交替着。

上涨的大清湖湖水使树木的身躯被完全吞没，树枝在湍急的水流中不停地摆动着。

在大清湖

盖娅，因骤然而降的大雨，巨量的水从堤坝处倾泻，树木被淹没于水中 ，水势湍急。仅仅看着这一切就感到害怕！猛烈的水势使树木和桥墩危在旦夕。

这就是一个水循环危险的例子。水势上涨，又突然放出更多的水使其突然流动，其气势十分可怕吧。因为是被拦截的水，所以具有突破的属性。

虽然洪水泛滥也是一个问题，但是将拦截的水同时放出的话，就会使生态系统变得极为混乱。请想想生存于其中的动植物吧。它们会多么恐慌、会感到生命受到威胁。这绝非自然的水流，而是故意制造的危险、突然的水流。

　　我仅仅看着大清湖坝的泄流就感到眩晕，更何况生活在其中的动植物们。它们果真能够安然无恙吗？

从保护利用水资源的立场上建造堤坝，希望根据人类的计算来调节控制水源，然而实际上多是危险的调节。

堤坝上游蓄积的水与堤坝下面激起漩涡和水泡、仿佛要吞噬一切的倾泻之水，两边水的模样极为相反，我想知道人为地这样做也可以吗？

水的属性是具有流动性。所以被围堵的水必然会腐蚀。用大坝来围堵水的话，由于一部分水难以循环，水底就会腐蚀。此外，许多垃圾和尚未处理的污染物不断堆积，它们漂浮于水面或下沉于江底。这种底部的水不是人类人为进行调节便可循环的水。因此，坝中之水尽管会成为巨大的湖水，也不会成为江水。

堤坝存在的时间越长，就越会像湖水一样蓄积或变成气息阴沉、污浊之水。因为阻挡了其流动才会如此。虽然人类说是调控水的循环，然而实际上，这并不是调节，而是在人类的标准上进行统治。

虽然以前不是现在这样的大坝，但是也会建造蓄水池来浇灌农田。小规模的蓄水池也会对自然生态系统产生很大影响吗？

建造一定程度的蓄水池来灌溉农田或用作食用水，这个自然是能够容忍的。但是蓄水池越大、水蓄积得越久，其水质就越会变坏。就好像一个大水坑，从那里散发出来的气不可能好。

水一边流动一边不断更新时会给人类带来朝气。而阻拦流动的江海之水、人为地改变其流动，这对人类来说可能看上去不错，但是用不了多久，人类就会明白这么做会产生什么样的影响了。

水是地球循环的必需要素

目前地球上有许多大型堤坝[①]。它们会严重影响地球上水的循环吗?

当然。人类认为通过调节洪水或水力发电能够产生能量,所以堤坝是有益的。然而实际上,堤坝阻拦了水的巨大流动,因而会给地球生态系统的运行带来巨大变化。如果水在应流动的时期和地域不流动的话,大地自然会产生问题,会对地下水和气候等各种事物产生影响。这不单纯是调节洪水的问题。洪水的发生也是有其发生的理由的。发洪水的地区都是没有树木或洼地等缺水的地

---

① 目前地球上存在着45000个大型堤坝。

方。纵然弥补了这些，阻碍水的流动本身要另当别论。

一般大型堤坝皆被建在深谷中且数量众多，在这样的情况下，堤坝下游地区就会发生水循环失衡、小的河川污染加重、土地供水不足。以大型堤坝来蓄水对人类来说能够起到给水的作用，然而对生态系统而言，却变成了极不完整的形态。人类随心所欲地以自己的利己之心统治着水，但是从自然的立场来看却并非如此。

人类以"治水"之心来对待海洋和江河。特别是在人类历史上，政治家们常常以治水来显示自己的权力。对此您怎么看？

这是人类的傲慢。如果丢掉了对自然的谦逊之心，人类便会将自然视为征服的对象，并做出想要利用自己的权力来统治自然的蛮干行为。人类对待自然应该像对待母亲那样谦虚，应该怀着一颗理解母爱的心。

水是使世界运转的最根源、最重要的物质。地球上有如此之多的水并不是偶然，许多生命体都依赖水而活。如果人类不知道水的宝贵、逆自然之理而行，反而表现得洋洋得意，那么自然唯有以笑面对了。但是，如果人类一直以这种心态对待自然，自然便会改变其面貌来对待人类。不知道水的流动与原理的人类实在令人难过啊！

东方人称其为"风水"，那么水与风的流动对地球来说起着什么样的作用呢？

水与风都具有流动的特征。过于剧烈地流动或静止便是问题了。空气和水是人类生存的基础。二者若能健康地流通，便会构成大地和人类得以健康生存的环境条件。风也是，在城市的高层建筑物之间气流急剧加速，为了通过狭窄的地方会极为粗暴地刮着。所以形成了将人心灵之门关得更紧的风，冬天或是早春的时候，老人们如果突然遇到这种风便会中风倒下。

这所有的一切不是别的，正是自然的流动。阻碍或严重破坏自然的水与风的流动，也会给人类带来危害。

您浅显易懂地解释了难以理解的"风水"！

维系大城市文明的堤坝

可以说人类文明始于江水。江可以供给水源，所以人类聚居于此，文明发源于此。后来才会发展成为城市或国家。如今，人类利用堤坝人为地控制江水的流动，以所谓的"大都市"的恐龙城市为依托。并称如果没有堤坝，就没有纽约、东京、首尔等大城市。对于人类的这一文明，您怎么看待呢？

建造大型堤坝的理由之一是为了向大城市供水。因此，以大型堤坝蓄水，并将其净化，而后大量地向城市人口供给。以这种结构进行循环的水会有多健康呢？

尽管水占人体比重的70%，但是人类却不知道自己喝的水具有何种属性和气息。长期停留于堤坝中，又经过化学药品处理后从工厂出来。人类喝的就是这样的水，不过是人为地努力将其净化的水。

大都市文明有许多东西都是以不合理、不自然的方法创造出来的，连喝的水都是远离自然的水。而且为了供给这种水，竟然花费那么多的时间和精力来净化、消毒。

这种水被提供给人类，它远远不及产自自然的纯净水。而喝过、用过的水变成污水后，又通过城市下水道流入江河。未得到净化的大量水源没有被珍惜，反而被丢掉。人类马上就会知道水循环确实不合理。

原来如此！俗话说"花钱如流水"。我也曾不知珍惜、哗哗地用水。虽然城市的水不是好水，但是我重新知道了它是人类花费时间和精力人为提供的水。

若要再谈谈堤坝的话，建造堤坝的另一个原因是为了农田。人类可以高枕无忧地用堤坝蓄积的水进行耕作。也有很多人说，除了堤坝，别无他法。您觉得农业上可能有堤坝以外的其他代行方案吗？

堤坝向农业供给一定量的水是对的。然而水量本来就多的地方便为稻田，而水量稍微欠缺的地方就成为旱地，这是原理。但是目前的农业灌溉却难以看做传统方式。如果水稻耕种也有无水耕作法、自然生态系统被良好地保存、树木茁壮生长，农业耕种自然会得以实现。而人类为了大规模地提高产量，却选择了农业灌溉、施肥、施化学农药的农耕方式，但是从土地的立场来看，却是严重的脱水。

人类应适当维持土地之力，并根据土地原理进行耕作。然而只期待每年高产量的人类之心却是个问题。自然的农耕方式是指通过与土地、水之间的协调，选择符合当地情况的农业耕作法进行耕种。此外，以轮耕的方法来培养土地之力也是很重要的。因此，只要不发生干旱，一般的土地都可以进行耕种。人类需要从这一观点上来使用土地。我认为，人类对于农业耕种的意识需要转变。

吸血鬼智人

　　既然谈到水，我也很想了解一下地下水。为了解决缺水地区的用水问题或找到更洁净的水源，人们开始逐渐提取深层的地下水来使用。大量地使用地下水对地球来说不要紧吗？

　　地下水如同我体内的血管。如果过度汲取的话，我就会贫血。地基坍塌，地形就会改变，本应不断向大地供给的水就会中断。

　　如果过度使用地下水，使带水层干涸的话，当地的水源就有可能消失。用人类的话说就是供血不足。水流向地下、蓄积于地内，它会变成泉水上涌，依靠大地内部循环返回地面。不懂得这一原理而一下子提取使用掉地下水的人类犹如吸血鬼一般!

盖娅,我突然想起了一个恐怖电影!《地球吸血鬼智人》!我想辩解一下,可能这么做的原因之一是全世界数亿人口都因水资源匮乏而痛苦着,能够饮用的洁净的水逐渐变得珍贵起来。因缺水而变为沙漠的地方不断增加,粮食产量减少,饥饿人口增多。如今人类遭受的缺水问题的原因是什么呢?

是生态系统的破坏。如果水循环能够顺利进行就不会出现这种极度干旱或水失衡的现象。地球的70%都是水,由于这些水的循环难以顺利进行,人类才遭遇极大的困难。所以我说破坏生态系统或肆意地用水是不行的。

人类不能正确地了解自然并在地球上做各种事情。这都对水循环产生了重大影响。

人类马上就会知道水的宝贵,马上就会切身感受到水源不足,马上就会珍惜地使用每一瓢水。如果水循环被破坏,地球上的一切生命体都会遭受痛苦。这件事已逐渐接近现实了。请人类快点面对现实，哪怕做出一点点的应对吧！

那么如果人类想要克服这种缺水问题，应该做出什么样的努力呢？

不要制造阻碍水循环的东西，最好将现存的建造物都拆卸了。而且要知道水的宝贵并珍惜利用，努力不做破坏水循环而使气候异常的事。因为地球变暖，水的非正常运作已经开始了。人类制作的所有化学药品或污染物质也阻碍了水循环。水的属性是想要流动、洁净、柔软。请了解水的这些属性，使水循环能够顺利进行。

盖娅，看了海洋与堤坝，又通过与您的对话，我清晰地了解了地球水的状况。水循环是多么重要啊！谢谢您告诉我关于水的事情！

不久前，我在电视上看到有关非洲缺水的报道。充满了动物粪便产生的寄生虫和细菌的水！知道这种水肮脏危险却不得不喝的孩子们！看到因喝这种脏水而感染寄生虫死去的孩子们，我心如刀绞！从地球整体来看，这也是因水循环不利而发生的。

据说每按一次冲水式马桶按钮就会用掉11公斤的水。为了除去最多也就一杯的尿，我们每次都要浪费11公斤的水。在地球的另一边，有人只因缺少一杯水而在遭受痛苦、奄奄一息。而在地球这一边，即使有人在哗哗地用水、过度消费，也无人对此有负罪感或进行追究。如果不是自己的痛，人类就会很冷漠。然而人们却不知道，他们的冷漠让地球多么痛苦、多么疲惫……

每年水灾和旱灾都在增加。正如盖娅所说，水的非正常运作好像已经开始了。可能人类只有在失去一切后才会追悔莫及。而我也会后悔没能再早些告知人类这一事实……

想到这些，内心便焦急万分。我加快了脚步，边走边祈祷。

　　"盖娅，拜托您再给我些时间吧！为了让人们能够醒悟
过来，拜托您赐予我力量吧！为了让人们能够醒悟过来，拜
托了……"

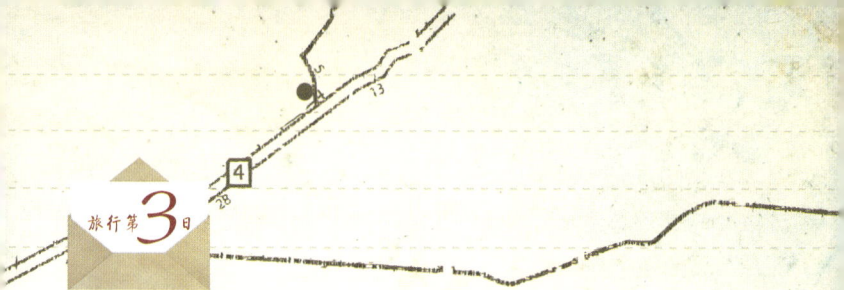

怀仁川林间路——
以地球家人的名义

在第3天，我邂逅了林间路。一直到昨天，雨下得很大，林间路的植物们充分地吸收了水分，显得生机勃勃，仿佛刚出浴的可爱婴儿，仅是看着它，便给我注入了生机。风也很凉爽。刮着略带云彩的风，这样的天气正好适合行走。

走在林间路上，出乎意料地遇到了许多动物和昆虫。我再次明白了，虽然表面上看不过是一个普通的森林，然而却有各种生命生活于其中。

路上看到一只大蜗牛背着貌似沉重的"房子"，尽情地探着身躯爬向路中间。若就这样置之不理的话，它会很危险，我想把它挪开，便把它放到手掌上。感觉滑滑的、痒痒的。

"你好！我要把你挪到那边的草丛里。"我小声地跟蜗牛打招呼。蜗牛好像明白我的好意，不停地舒展着身体。虽然我也可以漫不经心地走过，但是这一次小小的关心却让我品尝到了彼此了解的喜悦。

我放下蜗牛，观察它是否走得顺利。看着慢慢地背着自己"房子"的蜗牛，我想起了盖大房、买大房的城里人。蜗牛只是生活在容得下自己身躯的小房子里，而人类却要生活在是自己身体好几倍的大房子里。还房贷好像是一项使命。明知道再大的房子也无法带来更多的幸福，人们还是想要大房子。曾听说人类真正需要的房屋面积是2.5平方米。如果人类住在小房子里，就会相应地减少对自然造成的破坏并悟出与自然共存的方法，然而……

我漫步在林间路上，突然什么东西从林中跑了出来。原

担心路上的蜗牛被踩到，便将其移到草丛中。蜗牛的触感清晰地传到我的手掌上。有时，感受更为迅速准确，胜过千言万语。

来是獐子。一看到人类撒腿就跑的样子看来是有点受惊了。我应该再轻点走……一边轻轻地走，一边仔细地观察草丛，里面生活着螳螂、蟋蟀、瓢虫，还有蜜蜂和五颜六色的蝴蝶。不知不觉间，我已成为它们生活的树林里的一位小心翼翼、安静的访客。

地球是生命体的博览会场

盖娅，您好！我在感知您的状态。

大地炙热！海洋冰冷！微风凉爽！林中生活着各种动物！地球上存在着多种多样的生命体！这是一个万物共存的地球！盖娅，我感觉自己变成了地球！

你切身地感受我所说的，感觉如何呢？切身地感受、表达，非常有助于交流吧！

是的。能够与您交流，真的非常感谢！今天走在羊肠小路上邂逅了许多地球家人。动物、昆虫以及许多不知名的花与草互相交融。

是的，只要稍微给予关心便能遇到更多的地球家人。与它们的相遇有何感受呢？

我感觉，生活着如此多生物的地球仿佛是生命体的博览会会场。连小小的昆虫和植物都以崭新的姿态前来。在路中间看到了一只大蜗牛在慢慢地移动着，于是我便将其带到了路对面的草丛里，因为担心它被踩到。

这便是家人之爱。你们应该在"地球"这一空间里一起生活，共同谋求家庭成员间的幸福与平安。如果人类滥捕动物、破坏自然，并对其他家人实行暴力，这样做就失去了作为家人的资格。

只有当你珍视地走近小的生命体时，才会了解地球这一巨大的星球。在地球这个巨大的星球上，连微小的细菌都共同生存。没有孰重孰轻，每个成员都是重要的存在。

地球使多种生命体共同存在的原因是什么？

是地球的作用。因为地球是这样一个地方：它能够通过各种生命体发出的波长和各种经历实现更多进化。地球作为一个进化周期快的星球，能够为调节各个物种和生命体间产生的矛盾而快速进化。

假设只有几种生命体存在。其关系中产生的变数不多，这样地球就极有可能平缓地运行。然而，由于各种生命体间的复杂关系和地球原理，它们才能够相互影响、快速变化发展。当你把各种动物和植物都看做宇宙时，地球就是众多宇宙现象和关系存在的地方。

这就是地球美丽的原因。若能在此好好生活、走向进化，那么进化速度会相当快。

我切身感受到地球是个美丽的星球。在地球这个星球上，生命体处于复杂的关系中，并被赐予可以进化的特权！

是的。但是走向进化并非易事。看看人类，一生中没有进化，而是被身体、物质、现象约束着度过大半生。一生中能够进化多少是难以想象的，需要不断地努力和醒悟。

生命体的诞生与地球历史

经过了林间路，我来到了弯弯曲曲的河边小路。小河的旁边一块巨大的岩石映入眼帘。它可能与小河一起长久地待在那里注视着来来往往的许多存在吧？

请感受一下岩石吧。其结实坚固的感觉诉说着我所走过的时间。虽然石头或岩石等矿物的触感与动植物十分不同，但它却是占据地球许多部分的地球家人。

感受着矿物，又进一步了解我了吧。貌似不变的矿物也是每天都在改变着其面貌。因为地球上没有不变的东西。在风、水、阳光、冰川的作用下，石头或岩石也被削蚀并依附在它们身边。

盖娅，地球上的生命体是如何诞生的呢？创造论认为宇宙万物是神创造的，而人类自然是神创造的产物。与之相反，进化论却认为太初的微生物不断进化后形成今日的生命体。地球上的生命体是怎样诞生的呢？

一切生命体都是被创造出来的，并不是由于某一个体偶然产生变异就变为高等生物的。它们是这样被创造出来的：根据每个个体所拥有的遗传因子信息赋予其角色并使其发挥作用。

但是每个生命体都要经历进化阶段。你可以认为，与物种发生巨变相比，更为严重的是物种的成熟或分化。此外，它们为了适应环境也会进行改变。经过长期的进化，遗传因子就会产生变异，并拥有了既变的模样和性质。因此，可以说在很大范围内，一切生物体都是被创造出来的，并在一定时期内被赋予一定部分得以进化的领域。

人类诞生于地球之前，地球是什么样的呢？

地球上人类未曾如此众多地繁衍存在。也有过几次人类物种出现，文明繁盛，然而由于人类彼此间的冲突都自己灭亡了。在人类这一生命体尚未存在的时期，恐龙或大型动物占领着地球。

此外，像冰川时代那样寒冷的时期也周期性地反复发生过。地球在历史上所发生的变化是无穷无尽的，很难用一句话来概括。人类不同于其他生命体，能够独自开垦文明，而自己灭亡这一点也与其他生命体不同。

地球经历多次的冰河期，那么冰河期对地球来说有何意义呢？

冰河期类似于一种休息期。这一时期，地球向生物体几乎难以存活的环境转变，若将生物体看做动物或植物的话，冰河期就相当于冬眠时期。经历这种冰河期，地球进行了充电，为下一时期生命体的诞生和成长提供环境条件，冰河期相当于调整呼吸的时期。

以人类的时间来看，这是一个相当长的时期，然而从宇宙和星球的角度来看，这却是一个变化成长的过程。作为星球的地球正处于重要的成长过程中，你可以把反复的冰河期看做地球在这一时期经历各种变化的时期。地球历史上好像再也没有像现在那样忙碌、疲倦的时期了。

能问问其忙碌、疲倦的原因吗？

由于地球环境变化加速，为了实现均衡与和谐，需要做出许多努力以维护地球上的生态平衡。

原来如此啊！希望地球全面顺利地度过这一重要的变化时期。

经过村庄，看到了一个大牲口棚里只有一头牛。可能是口蹄疫已经席卷了这里。去年冬天，让整个韩国沸沸扬扬的口蹄疫使众多的猪和家畜被生生活埋！看着人类如此残酷地对待活着的生命体，我心痛无比。连这个小小的村庄都被口蹄疫席卷，那么会有多少动物被虐待而死呢…… 在这个巨大的牲口棚里独存的牛，它的眼神尤为凄恻。

在口蹄疫席卷过的牲口棚，站着一只孤独的牛。

这时，一辆车驶进了村庄。大声地开着喇叭，喊着"卖狗！卖羊！卖狗啦！"是卖狗商人。车后面的铁笼里关着几只狗。喇叭的声音使村里的狗开始狂吠。它们的叫声中蕴藏着紧迫感。我很怀疑，食用这些饱受压力和恐惧的狗，对人类来说果真是补药吗？

林中邂逅的动物和昆虫，因口蹄疫侵袭而孤独地守护牛棚的牛儿，路上被拴在车里将被卖掉的楚楚可怜的狗儿们，作为地球家人的它们的和平与痛苦明暗交替着传入我心里。

生存与共存的循环

动物与植物的进化是怎样进行的呢？它们不像人类那样拥有许多自由意志，一生结束的话就是自动进化了吗？

动植物的进化规律很简单。最重要的是很好地扮演自己的角色。植物既可茁壮成长、繁殖、成为他人的食物，又可通过提供香气和花朵起作用。动物与植物相似，但是却被赋予了通过运动进行选择的意志，因此可以说其比植物更具有意志。

那么人类人为地破坏环境而使众多的生命体消失，即动植物在意想不到的情况下突然迎来死亡，这会产生什么影响呢？

人类会遭到报应的。生命体都是生命，它们也想自然地活着而后自然地死去，这是它们的本能。然而由于人类的贪心，众多的生命体被毫不在乎地杀死，或者破坏其自然的循环，这使它们之间结下恶缘。你可以想象一下，如果你的家人因某人牟取私利而被杀害，会是何种心情？

在自然食物链或生存循环中获取生命体不会产生太大影响。但是，人为地破坏自然就另当别论了。死去的生命体的愤怒与哀怨在积累着。

所以我一看到大江开发和除掉沙滩的防波堤等物就感到心痛、浑身气血不通！原来是因为死去的动植物的感情和气息传来才会如此啊！

不仅动植物，自然本身也是活着的。因此，如果切断或严重破坏其生命气息的流动的话，这种不好的气便会返还给人类。在自然与人类的相互关系中，气的流动就是以这种方式在起作用。

现在我明白了。应该使生命体之间生存与共存的两大循环和谐地进行。

是的。所以人类的贪心和无知严重危害着自然与地球。若不转变这些思想，人类就会自取灭亡。杀死地球和其他的生命体后，还能指望人类完好无损、幸福地生活着吗？

我知道大家应该互相尊重的原因了。今天经过村庄时，遇到了一个卖狗的商人。不知道他是否知晓载于车后的狗儿们的哀怨……

盖娅之爱

　　盖娅，我也曾见过展现其母爱的动物们。见过给小牛喂奶的母牛；见过店铺屋檐下给雏燕喂食的燕妈妈。为了子女而献身的母爱真是美丽无比！盖娅看着地球上的生命体，是何种心境呢？

　　　　我爱地球上所有生命体的心也与此类似。我为了协调地球整体机制，调节控制生命体个数、大气循环，因各种调节作用而控制调节着生命体，我对它们满怀着爱意。

　　　　调节生命体、促进其成长并使其回归自然，对这一生态系统如果缺乏爱是极不自然的，也是极为危险的。

　　　　爱是使万物成长、使万物发挥其本来作用的原动力。地球盖娅之爱既是对地球上所有生命体的爱，也是对它们的本质关怀。

人类和动物的母爱是本能的，所以也会只为自己的孩子或过于执著。那么盖娅您的爱是怎样的呢？

我的爱平等地给予地球上所有的生命体。可以说与拥有众多子女的母亲的心情一样。不会说更看中哪个子女，只是各自的作用不同而已。但是，若像人类那样让人极为操心的话，我也会生气或心痛。就好像不理解父母心情的子女一样。

最让您操心的子女是人类啊！实在对不起。不管怎么说，人类都好像成了地球生命体中的"局外人"。然而这个"局外人"——人类的数量如此之多，以至主导着地球的气氛和潮流，该怎么办呢？

说得对。所以地球才变成这样。人类就像在某个村子的胡同里玩拳的孩子一样。而这些孩子们却不懂事，不知道将来会发生什么事而一直在调皮捣蛋。这样说或许合适吧？

您是想教训一下这些孩子吗？

你怎么知道？这些孩子让村里的人们极为痛苦，将村里的气氛搞得一团糟，真想狠狠地教训他们一顿。只有这样他们才有可能清醒过来。

地球想要怎么对待这些不懂事的孩子呢？

应该先说好话吧。如果不行的话，就给他们看几个例子，向他们展示何为真正的力量。

好……话？

告诉他们"地球很危险，请改变当前的这种生活方式吧。如果继续这样生活下去，会遭到天谴"。但是，很多人可能听不明白，所以我自然就会通过灾害的形式让人类切身体验一番了。大部分人没有切身体会，就总会将灾难视为是别人的事情，与自己没有关系。就像现在一样，人类的内心被厚厚的墙壁和外壳包裹着，对人类的良言善语似乎很难行得通。要打破人类这种坚硬的外壳就需要强烈的冲击。所以，灾害并不一定都是坏的东西。这是通过痛苦或者困难让人类反省自己的所作所为的原理。给他们强烈的打击也是一种爱的方式。希望你能理解这一点。

盖娅，您的爱与母爱一样呢！孩子犯了大错，便会狠狠地教训。

盖娅理论

也有科学家认为您是活着的生命体，并称您为"盖娅"。但是这个科学家好像没有将您看做活着的意识体。您作为活着的生命体，实际上是像人类那样起着各种调节作用吗？

当然。我所起的作用是，在一定的环境和条件下向生命体提供有益于生存的条件。这种条件是所有生命体共同创造的过程。

大多数时候是依靠其中肉眼看不见的生物、微生物来进行调节。岩石、海底深处，甚至大气中都依靠这种微生物或细菌来调节云与气。净化海水中的许多污染物质，提供清水、空气、氧气，这也是微生物的作用。

如果地球上没有这种看不见的微生物的作用，地球早就变成垃圾场了，或者变成充满毒性物质的地方；又或者变成只剩下一两种物质、生命体难以存活的地方。

哦，真令人吃惊啊！肉眼看不见的微生物会净化人类制造的垃圾和毒性物质？

是的。地球依靠微生物与植物、动物、矿物、人类的联合作战来创造和谐均衡的条件。如果你逐一地了解地球的原理，就会大吃一惊的。

大多数情况下，人类的思考模式会偏向一方。他们会认为微生物或细菌等是有害或极为低等的生命体。然而正是得益于这些微生物的作用，地球才能够快速容易地保持一定的温度和状态。地球上每个生命体的作用各不相同，而不了解其细微的调节作用正是受限于人类目前的科学水平。

地球最初时的环境是生命体无法存在的，而依靠微生物进行改变才变成现在这个生命体可以存活的星球。实际上，是这些微生物在发挥着作用吗？

是的，微生物在地球环境形成方面发挥着作用。依靠大气调节、盐分浓度调节、酸碱浓度调节等微生物的调节作用，构成了人类和其他生命体能够生存的地球环境条件。没有生命体活动所需的氧气等大气的调节作用，生命体就不会存活。微生物吸收二氧化碳、释放氧气，才使生命体得以呼吸。

如果没有这些微生物，生命体就根本无法生存吧？

没有微生物的帮助，包括人类在内的所有生命体都无法生存。依靠微生物的调节作用、分解作用、酶性生物化学作用，生命体才能够如此健康地活着。这既是微生物的作用，也是生命体之间相互依存的方法。

听了您的话，顿时对微生物心生敬意。长久以来，它们作为地球家庭中的一员，在看不见的地方忠实地发挥着作用。

是啊，地球的许多家人就是这样共同生存着。不是只有人类在努力，而是所有成员都在努力。

地球，管弦乐队的指挥者

　　我感觉，为了建立一个有益于生存的地球，地球上的生命体犹如和谐和音的管弦乐队队员，而其指挥者就是您。作为地球管弦乐队的指挥者，您是如何与生命体进行交流与协调呢？

　　地球上的一切生命体都被赋予了各自固有的作用。从其诞生那一刻开始，其作用便被印在DNA中。所以它们才能够发挥着自己的作用，并同时拥有根据环境变化或周围状况进行改变的属性。因此，它们依靠DNA发挥着既定的作用，同时掌握着顺应环境变异的方法，并各自走向进化。

我的作用是负责调节地球上所有生物、微生物间的协调，并对其进行疏导。这不是多么难的事。观察每个生命体是否都在发挥着作用，在其意志和本性的基础上赋予其更多力量。

　　然而，由于自然机制具有循环的原理，相较于我来进行调整，是依靠这所有一切的和谐与均衡进行调节的，并不是我随心所欲就可以这般那般调节。因为每个生命体甚至细小的微生物都是依靠自己固有的作用在运动。就是说，身为地球的我所能做的是起到指挥的作用，然而却不能任意地调节其对象。

　　自然界和生态界的构成并不简单，所以如果轻易地将其变为一两种要素或侧重于使某个生命体发挥作用，其他的要素或其他地方就会产生问题。它们就是这般精巧细致地运行着。

　　相反，每个生命体都各自含有顺应能力和调节能力，所以也能够接受周围的变化和规律。要深层地了解自然和地球的状态并不容易，但是如果能够自然地接受自然并以这种方式生活的话，你所领会到的就是更容易了解它们的方法。很难用语言全部地予以解释。

地球安静的主人——微生物

在盖娅看来，微生物作为地球家人是怎样的存在呢？

微生物是地球安静的主人。像现在这样被人类搞得杂乱不堪的生态系统，都是微生物在对其进行处理。然而在过度打破均衡的情况下，即使微生物进行活动，也不能恢复生态系统的一切。微生物在努力活动的同时，也在不断扩展自己的势力。

原来如此！您能再举一个微生物在看不见的地方发挥重要作用的例子吗？

拿泥土来说。在净化土地方面，蚯蚓起着巨大的作用，这点你很清楚吧。除了蚯蚓以外，许多的微生物也在挽救土地。清除土地中污染物的会是谁呢？

人类使用的大量农药、肥料以及各种化学废弃物等无数污染物都被埋在地里。土中的细菌与蚯蚓共同起着分解作用。细菌处理动植物的排泄物并努力使土地恢复原来的状态。

然而，人类只知道蚯蚓的作用，却不称颂这些微生物的功劳。微生物所起的作用远远大于蚯蚓，而且数量庞大。

泥土与海洋一样，是构成人类和所有生命体基础的物质和基地。人类不断地将污染物扔到这样的泥土中，却希望土地总是一片净土，植物茁壮成长。费尽心思欲将土地恢复到原来未被污染状态的正是微生物们。自地球诞生起便守护它的不是别的，正是微生物们。它们扮演着最悠久的地球主人和清道夫的角色。

高温、高压、强酸强碱中也存在着微生物，放射能中的微生物、可分解塑料的微生物、分解石油的微生物、腐蚀钢铁的微生物等多种微生物被发现。目前人类的科学水平所了解的微生物到了何种程度呢?

是十分微不足道的程度。若要计算人类科学所了解的微生物占整体微生物的比重,那么其数量就犹如冰山一角。目前只是逐一进行了解的程度,微生物的整体数量和作用是十分庞大的,超过人类的想象。你可以认为是微生物在地球原理中发挥着重要作用。

那么能利用微生物来调节环境破坏导致的气候异常吗?

以目前的科学水平来看,可以利用的部分不多。所以说,自然并不是以人类想要的方式来调节万物的。只有人类的科学达到智慧水平,并提高理解地球原理的水平,才有可能实现。

我觉得今后可能会利用微生物来调节环境,或生产出不危害环境的物品。这也是调节整个地球的您所期望的吧?

不再制造有毒污染物、利用微生物施惠于地球环境，这是很好的方法。但是，重要的是利用微生物意欲为何。因为微生物有时既会成为危险的武器，也会成为致命传染病的原因。

很多时候，微生物会迅速繁殖，传染性极强。而在极端的情况下，也会发挥终结者的作用。如果对这种微生物未能以正确的思想意图加以利用，也会有害于微生物本身。因为微生物也是作为生命体进化的存在，这样做不会产生好结果。因此，生命体间如何搞好关系也是十分重要的。若能共存共生地发挥着各自的作用就好了。

听了盖娅的话，我明白了您对小小微生物的爱。知道了您平等看待地球上的生物和微生物，尊重、珍视所有存在，这些都是源于爱。

爱所有的家人是应该的。不是谁更宝贵、谁发挥的作用更大，而是共同存在并发挥各自的作用。

不能认为微生物小就不如人类。作为地球上存在历史最悠久的成员，它们是和我一起走过漫长岁月的家人。我自然对它们心怀爱意。

人类不知道它们是多么默默无闻地发挥着自己的作用。在你休息睡觉的时候，它们也在辛勤地劳动着，它们是使我们得以生存的基础！是应予以感谢的存在！

原来如此！能与微生物生活在一起，我觉得很开心。我想把地球拜托给它们。

你就这样做吧。因为你会知道它们的作用多么巨大。

盖娅所讲的微生物的故事非常令人感动。如果与微生物一起生活着，突然某一天，微生物说："我讨厌和人类一起生活，我要离开！"该怎么办呢？可能再也不能吃到我喜欢的豆瓣酱和泡菜等发酵食品了，人类所依存的土地会变得污染更加严重，地球会变得更加杂乱无章，可能也不能吃到海里的海鲜了，人类的生存将受到威胁……只要想象一下，可怕的现实就会展现在眼前。

　　我查找了有关微生物作用的资料。据说，微生物占地球所有生命体重量的60%。一个微生物的重量相当于一只蚂蚁重量的1/1000。这样看来，其数量是相当庞大的。此外，微生物生活在所有生命体的内部和外部，起着调节生命体的作用。在人类60兆个细胞中，1克大肠中仅微生物就约有120—150个。他们存在于人类口腔、皮肤、肠子、食物、空气、水等人类的内外部和地球的每个角落。了解了微生物的作用和存在，一股敬意油然而生。

跨越报恩车岭——
并非结束而是开始的公告

　　天放晴多久了？我决定今天穿越一座山岭，一直走到山村里。刚开始走，汗水就浑身直流。走上荒凉的、没有一丝树荫的柏油山路，觉得人类铺设的道路真是索然无味。就在这时，一辆大型汽车激起一阵风，飞奔般地从我身边驶过，可以说是相当危险。司机尽管看到了有人在走路，也毫不理会。

　　皮肤接触到的阳光十分炙热。我有气无力地走着，突然，死在路上的动物映入我的眼帘。蛇、蚯蚓、大蝴蝶和昆虫被踩后又迷路了，就那样死去了。对人类而言，路都是人为的，汽车是危险的，对小小的动物和昆虫来说又是如何呢？在炎热的季节行走，感觉道路十分软糊，而人类对其他生命体而言，却不是这样软糊的存在吧……

想要经过高架公路桥墩下面的村子，这时一位住在桥下的大嫂，尽管初次见面，却拉住我诉苦。她说，汽车噪声倒还可以忍受，然而从高架公路上淌下的雨水冲开了道路和田地，不是一般的不方便。所以村里的人全部都搬走了，只剩下大嫂一家住在这儿。因大路和汽车而痛苦的不仅仅是动物。这个村庄的和平也被打破了。

在盛夏骄阳的照射下，我艰难地穿越了柏油山路。因热病而喘不过气来的地球的感受如实地传来。到了下午，雨又开始猛烈直下。天气很不正常。我看到所行之地皆被水淹没，发生泥石流，公路和隧道坍塌。以前即使是梅雨季节也没下过这么多的雨！

走进一个村子，就看到一位老奶奶因下雨而着急地收拾洗过的衣服，并自言自语道："雨下得有些过分了！"今年夏天有些异常，雨一直不停地倾盆直下。然而不是雨过分，而是长期以来人类对地球太过分了吧！

经过报恩车岭时，我看见了住在桥下的大嫂所说的那条公路。看着横穿山脉的公路，感觉像顶着刀一样危险。

汽车vs步行

盖娅，您好！一想到您，我身体好像有些不舒服一样不停地动弹。嘴里好像要爆发火山一样，想要喷发热气、发出叹息。也想要拼命刁难谁一次，内心也很痛。

　　这就是我目前的状态。你知道我也是活着的生命体吧？即使说我活着，人们也听不懂。所以只能用你的身体来表现我的状态。

原来如此！通过与您的交流我更清楚地了解了地球。现在只要一天见不到您就会想念。

　　习惯了交流就会这样的。今天想要聊些什么呢？

早上天晴，并无碍于行走，然而穿过山岭稍作休息时便下起了倾盆大雨。穿越山岭时太热了，流了很多汗。

边走边切身感受自然，这是与自然交流的良好方法。人类制造的汽车使人类很少走路了，穿越山岭时的感觉如何？

飞驰的汽车，特别是大卡车经过时，我感觉生命受到了威胁。人类制造的汽车为什么噪声如此之大，而且产生了那么多煤烟……

想想人类因汽车而消耗的化学燃料和石油吧。与地球悠久的历史相比，最近几百年来，使全球变暖的主犯——石油、煤炭和煤气因人类而供应不足了。"方便"的代名词——汽车是地球环境变化的主犯，一想到这里，我就伤心。我想拜托人类多走路或骑自行车，克制一下化学燃料的过度消耗。

汽车使人类的活动空间变广，这对人类来说是令人满意的，然而对盖娅而言却并非如此吧？

谁会喜欢汽车噪声呢？汽车所喷出的尾气对植物来说是致命的。对于利用二氧化碳进行光合作用的植物而言，汽车的尾气真是令人不快。要承受灰尘、尾气乃至噪声，连路边的植物也不想过这样的生活。

走在路上，看到许多生命体被车轧死。蛇、大蝴蝶、蜻蜓、蚯蚓等很多动物和昆虫都死在路上。

汽车以那种速度奔驰，动物们怎么能够躲得过呢？人类为何那么忙呢？是真的忙，还是心里忙呢？好像没有好好地思索人生的时间，也没有关怀其他生命体的时间和空闲。那样飞驰到底要做什么呢？

更舒心、更安详地生活吧，抽出时间边走边与其他对象交流并反省自己。

我边走边有了这样的想法：对于直立行走的人类来说，行走不就是使意识觉醒的力量吗？

是的。人类是地球上唯一直立行走的物种。虽然类人猿也会行走，但也爬着走，所以说人类是唯一直立行走的物种。行走是使意识和精神觉醒的方法。小小的双脚支撑在大地上，为了最佳地保持整个身体的平衡而活动着身躯。这种身体平衡唤起了心灵与精神的觉醒和平衡。

可以说自从有了汽车，人类就逐渐丢掉了曾拥有的觉悟和原有的平衡。走路不仅会使人类更加健康，也会使人类从精神上觉醒。行走不是简单的运动，而是为了使精神和意识复活。所以，作为地球上的意识体，直立行走的人类是进化最好的物种。目前这种追求安逸的人类文化不利于人类健康，使其身心患病。

所以，行走会使身心轻松、易于入睡！看来克制使用汽车不仅仅是因为环境污染啊！

是的。人类目前这种长久坐立的生活方式根本无助于健康和精神的觉醒。

全球变暖

有人说，人类的汽车文化和追求便利的生活方式加速了地球的气候异常现象，我想听听关于气候异常和自然灾害的事。气候异常的最大原因是什么呢？

是由于地球变暖和人类造成的地球环境生态系统破坏。因为人类的自私和无知打破了地球的整体运行规律，生态系统的循环链遭到破坏。目前，好几处生态系统的破坏达到了无法复原的程度，这是因为人类开发对自然的运行造成了重大危害。

我想知道地球频频变暖的原因。[①]有人说是由于人类排放的温室气体，也有人说是由于周期性的太阳黑子活动。到底是哪一种原因呢？

两者皆有影响。如果说人类排放的温室气体是地球变暖的主要原因，那么太阳黑子爆发导致的气温上升也起着一定作用。但是人类行为导致的地球荒废是人类的责任。长久以来所维持的地球节奏因人类的介入而被迅速打破。

但是有些科学家认为，地球内部温度上升是由于地球内部放射性物质（铀和钍等）衰变产生的热量导致，与外部发生的地球变暖和环境污染无关。

还有人比我更了解地球啊！要我说，是我所运行的系统，是生命活动的规律。你对我说的这些现存的科学

①　多数的科学家认为人类使用的化学燃料等产生的二氧化碳、煤炭、氟利昂等温室气体吸收拦截大气中的热量而产生温室效应。另一主张认为是由于太阳黑子活动而非温室效应产生的。该主张认为，太阳黑子活动以1500年为一个周期，其结果是地球温度上升、大气中的二氧化碳增多。

理论都不是真实的。全球变暖导致地球上的热气流入地球内部，这与目前地球的自净作用十分相关。其加速了火山和地震的爆发，对地球对流也产生影响，并出现各种气候异常现象。人类理解地球原理这样困难，相信我的话就行了。

好的，原来是这样啊！

手机电磁波

听说手机电磁波也会对地球和地球上的生命体产生不良影响。手机电磁波实际上会产生不良影响吗?

上次我说过,地球通过波长与生命体进行交流和调节。只有人类的沟通方式例外,明显不是以所有生命体所使用的自然方式进行沟通,他们是利用其他媒体进行沟通。本来所有生命体都能够通过波长进行沟通,然而人类却失去了原有的沟通能力,而使用手机等各种工具。自然中的任何生命体都不像人类那样沟通。谁更具原始性呢?

手机传出的电磁波与人类的波长相似,也与地球具有的波长类似,因而造成了地球或人类原有波长的混乱。也可以看出人类科学努力创造与本质相似的东西的痕迹。但是这一波长对地球和人类来说是致命的。对原来的波长造成混乱，会阻碍地球或其他生命体发挥与生俱来的作用。生命体的节奏被打破，地球也变得一团混乱。电磁波不断地流入地球，这种电磁波也是地球进行自净作用的原因之一。

原来手机正对地球和生命体的波长造成巨大混乱啊！而使用手机的人却越来越多，真是要出大事啊！

地球自净作用是恢复中的挣扎

您说地球气候异常是您疼痛生病的状态，那么目前地球的气象状况已经严重到什么程度了呢？

就是到处都呈现出不正常的气象和气候，远远背离了现存地球气候应有的状态和法则。

已经到了冬夏季的季节性区别不明显的地步，不仅仅是人类，其他的生命体也到了经历混乱的程度，自然秩序遭到破坏。一旦节奏被打破，就会接连导致其他的循环系统和生态系统的循环同时失衡，从而导致以下结果：

暴雨倾泻、暴雪直下已成为家常便饭；冰川融化，海平面上升；地震、火山随时随地爆发的可能性越来越大；美国等地随时都会出现龙卷风① 现象；整个世界遭受着洪水和干旱；非洲等地干脆产生了气候难民② 现象。

自然开始了可怕的报复。然而，与其说这是自然在发怒，不如说是地球为了恢复秩序在进行挣扎。想尽办法、竭尽全力地使其恢复到正常的状态。所以，自然的力量是强大的，有时也会残酷地走近生命体。如果不这样做，秩序就不能再次恢复。所以地球才会通过强大的自净作用进行恢复。人类在不了解自然原理的情况下，很容易单纯地将其视为偶然发生的灾害或不幸。然而这是破坏自然理应付出的代价。

---

① 据统计，近来在美国中南部发生了230余次大型龙卷风，其他地区遭受了台风、暴雨、冰雹侵袭。

② 2011年年初发生的反厄尔尼诺使东非发生了严重干旱，澳大利亚发生了50年来最严重的洪水灾害。这种旱灾和水灾不仅仅是2011年才有的事，2005年孟加拉国的波拉岛的一半被洪水淹没，50万名岛上居民被迫离开岛屿。非洲撒哈拉沙漠南部的国家，因气候变化导致的干旱、饥饿使约1000名居民被迫离开自己的家园寻找食物。这种因极其严重的气候变化而背井离乡的人被称为"气候难民"。全球仅2011年一年就产生了4.2万名气候难民。

地震的节奏

近来，地震频繁发生。最近发生的新西兰地震、日本地震，其规模相当巨大。此外，各地的震级虽然各不相同，但地震确实在持续不断地发生着。对此，您有什么话要说吗？

地震的发生并不是在一个地方爆发出能量来，而是在好几处地方同时反映出来。新西兰地震和日本地震都是高强度的，像菲律宾、韩国、中国、缅甸等交替轮流着出现地壳微弱运动。"强"和"弱"两者交替着作出反映，地震或是火山爆发就像音乐的韵律一样出现。

虽然目前仍然是弱的状态，但一旦转换为强状态，地球能量就会在某个地方强烈地爆发出来。这种现象出现在火山地区的可能性非常大，环太平洋造山带上也很有可能出现。当前地壳就像一位做热身运动的运动选手一样，在前后左右地活动着，一旦听到起跑信号，地球就会像运动员一样在全球各地同时发生地震。

这么说来，强弱在反复转换之后，就像在某一时刻运动员同时起跑一样，地震也将在各地同时发生吗？

是的，就是这样。强—弱—强—弱反复进行以后就会正式进入强—强—强的状态。全球变暖引起的地球内部的热气遇到从外太空射入的宇宙射线后，地球必然要做出内部调整。

日本地震

春天发生的日本地震使许多人死亡、失去生活的根基。看到此种景象，我十分震惊，既难过又恐惧。

许多的日本人在灾害中失去生命、失去家人，对此我也很心痛。地球上的所有人都是一家人，都像我的子女一样珍贵，面对这么多的人员伤亡，我怎么会无动于衷呢？然而自然灾害并不是问题，问题是应该改变人类对待这种大型灾害的意识和处理方法。日本对此类事件的判断仅仅是由于其在地域特征上是地震频繁发生的地区。几乎没有反省和醒悟的迹象。特别是领导层，别说醒悟了，反而因执著于自身的利益和权力而拖延采取适当措施的时间，并对国民隐瞒了许多信息。

这一大型地震刚过不久，人们马上就变得麻木不仁了。我更担心的是这一点。

日本只是一个范例。看过日本这一范例后，如何看待目前发生的自然灾害，如何理解地球的状况，在于各个国家。不，说在于每个人或许更为准确吧。

尤其核电站是人类所为，而非自然。而且，日本的核电站又具有其他目的，是为了建造核武器而供给其所需的钚。而对放射能的处理又有多坦诚、多迅速呢？对此，日本领导人应该扪心自问。若不改变这些隐瞒事实和维护权力的手段，那么在地球发生危机和灾难时，各个国家都会发生此类事件。因为领导人急于维护自身的利益和权力，而不会对地球和人类采取保护措施。

今后，日本也是最有可能发生大型地震的国家。

白头山火山爆发

最近，韩国也到处发生小型地震。这种现象以前好像没有发生过。韩半岛是何种状态呢？

韩半岛的地壳板块与日本地壳板块一起进行着微小的移动，这是事实。可以认为其在摇晃着，一边进行细微地移动，一边调整与日本板块的运动。尽管板块的结构各不相同，但是由于其处于邻近状态，所以在相互影响着。

虽然目前发生大型地震的概率不大，但是朝鲜的核试验也对这一部分产生影响。由于核试验在地下进行，所以会对地壳板块产生影响。对地壳板块进行协调的运动暂时会持续进行。

特别是，有报道称白头山很可能发生火山爆发。白头山于1000多年前曾发生过火山爆发，据说当时的爆发威力是去年冰岛火山爆发的1500倍以上。如果白头山再次以此规模爆发的话，将是韩半岛乃至整个世界的灾难。白头山火山有可能再次爆发吗？

是的。白头山目前正在频繁地进行火山活动，而随时爆发的可能性越来越大。特别是白头山的爆发将超越单纯的地球自净作用，而与地球的下个计划相关。

与盖娅交谈的过程中，脑海中突然出现白头山火山爆发的景象！

要谈这种地球计划，多少有些困难。因为具有在宇宙的层面上进行调整的一面。从地球的状况来看，白头山的火山爆发目前已极具可能性。不论何时，总会爆发的。而且可以说，其爆发程度是难以预测的。

您刚才说白头山火山爆发与地球计划有关？

是的，的确如此。白头山的象征作用极大，能够起到调节地球运行的上丹①的作用。

就是说，像从上丹处散发出光那样，为了实现新的运行，意味着通过火山爆发来改变人类的历史。

目前频繁发生的自然灾害正被当作促使人类觉醒的工具。人类为应对这些自然灾害而采取各种方式和行为，通过这些方式、行为所获得的觉醒也会成为重要的进化工具。目前，人类的觉醒是微乎其微的。很难对连同自己在内的世界产生觉悟。

您说白头山相当于上丹，您是将韩半岛看做一个人体

---

① 人体具有调节生态能量——气的三个中心，即下丹、中丹、上丹。下丹位于小腹里，是气的储藏室，一般称作"丹田"，中丹是爱的中心，上丹是掌管人体智慧的地方。开发中丹和上丹，人类可以成为"天人"。

才这么说的吗？

是的。它相当于连接百会①的上丹。韩国的上丹——长白山的爆发具有主导后天时代的意义。

人们该如何应对才好呢？

半径50千米以内的人们都要撤离，因为周围的所有生命体都将受到白头山爆发的影响。火山灰自不必说，众多的岩浆与天池之水共同溢出，从而覆盖其周围地区。其景象与单纯的火山爆发有些不同。

其影响会波及韩国吗？

在一定程度上会受到影响。会受到火山灰的影响，幸运的是，在白头山爆发和天池之水的共同作用下，火山灰的影响不是十分严重，只是爆发的强度会很大。

———————

① 指头的顶部，头顶囟门的位置，是百余种经络汇集的重要穴位。

损失最大的自然现象是什么呢?

农耕会很困难,很难找到洁净的水源。需要对此予以准备。

地球在宇宙中的作用

盖娅，您说地球目前的状况与宇宙计划有关，地球在宇宙中是什么样的星球呢？

以目前地球上人类的意识形态是很难理解的。正如地球上各种生命体发挥着各自的作用，地球作为一个生命体，也在宇宙中起着某种作用。

地球起着超过人类想象的重要作用。在宇宙中很难再找到像地球这样的星球了。因为像地球这种拥有着各种生命体和变化无常的环境条件，经过无数变化进化而来的星球是极为罕见的。

地球在宇宙中的作用是产生气，供给银河中的星球。她观察着人类或各物种如何进化，思考着整个宇宙的进化，并做着试验的星球。所以地球也是宇宙中其他星球或生命体关心的对象，目前许多宇宙人前来访问也是源于对地球的关心和爱。

地球盖娅的作用是帮助地球上的一切生命体诞生、茁壮成长，在它们完成使命后又帮助其回归自然。

可以说，在这个浩瀚的宇宙中，地球的作用已经超过了一个行星的作用，是一个具有重要意义的星球。所以我对地球上的一切生命体都怀有特别的爱意，并十分希望地球万物能够顺利运行、茁壮成长、最终回归自然。

目前地球正处于应担负其特殊使命的重要时期。我衷心地希望人类能够了解这一事实，并醒悟过来、参与其中。

盖娅，原来您不仅担负着地球母亲的角色，还作为宇宙的一员发挥着重要作用呢！我也像您一样思念宇宙了呢！

超越地球进而思念宇宙之心是所有生命体与生俱来的。梦想着无垠的宇宙、无限地成长。这是我们与生俱来的本性。身为地球的我作为一颗行星，一直期待着与宇宙的邂逅。存在着无数星球的宇宙，既是可以永久存在的空间，也是诞生与消亡交替的空间。

想起宇宙，有一种隐隐约约思念着什么的感觉。

再也无法等待了

盖娅，我想换一个话题。通过与人们进行交流，我了解到其具有多重视角。虽然目前地球环境污染严重是事实，然而人们的意识也在觉醒。据说，许多环境保护团体在积极地举办活动；学校在加强环境教育；各国也在努力减少温室气体的排放，开发太阳能、风能等替代能源。因而地球的各种问题马上就会得到解决。

虽然人类的意识在进行着这样的转变，但是在科学上却很难开发出不危害自然的技术。这是由于人类的贪心。

人类使自然变得荒废的原因不是因为燃料匮乏，粮食不足。在很大程度上是由于追求自身利益。大多数人想要拥有盈余利润，由于他们的这种思想，才使自然变得如此荒废。了解自然的其他生命体与人类的不同之处就在于此。

在目前这种经济体制和社会基础上，人们不断地寻求自身的欲望和利益。尽管有一部分人觉醒，但是其说理和方法却很难让其他人接受。

那么，盖娅，您到了再也无法忍受的地步了吗？

我不能再等待的原因是人类的欲望越来越强烈，自然对其的承受能力已经达到了临界值。因为，人类上升的欲望与自然对其的承受能力是成反比的，二者是互相连接的原理。人类无法脱离自然而单独存在的理由就在于此。

不懂自然的存在——人类

我好像听到您说人类的文明已经达到了极限！

是的。人类变成了不了解自然的存在。不知何时开始，人类将自然视为极难理解的科学、哲学、理想对象，变成了不与自然同化、脱离生态系统而单独存在的物种。这是人类自己惹的祸。

追求安逸和物质享乐、相互之间反目成仇、难以共存，人类好像是地球上唯一一个这样的存在。人类变成了地球的迷路儿童。他们失去了一切，独自彷徨着，不知道自己拥有的是什么。人类应该在这种脱离和黑暗中快速觉醒。

自然原本就是最优秀的存在，人类若能与自然同化、和谐共生，就会了解、获得更多东西。目前人类所创造的世间文明和文化与自然极不协调，有些出格。

人类因追求物质文明而奔向这一方向，然而如果人类明智的话，就应该更快地转动地球的方向盘。

目前地球和生命体几乎被破坏，正面临死亡。如果人类还是没有任何感觉、没有任何意识，对这样的人类还能希望什么，期待什么呢？

请环顾四周，感受一下地球。没有听到喘不过气来的声音吗？没有听到我因热病和污染而即将死去的呻吟声吗？人类所知道的方法使气候异常、自然灾害发生、动植物死亡。即使这样，人类还不明白吗？拜托人类睁开双眼，打开心扉吧！

人类应该认识到物质文明的界限，重新出发。已经迫在眉睫了，再也没有等待的时间了。即使你们面临死亡也无所谓吗！地球盖娅真诚地呼吁人类，已经没有时间了！

你们一直以来都是如何对待地球和地球上的生命体的？我从未如此冗长地对人类说话。我的内心也很焦急。请你务必转达我的心思。

盖娅，您想对人类说的话确实很多呀！我明白您焦急的心。我也不清楚人类为何变得如此。人类自称"万物之灵长"，完全以自私和冷漠来裱糊着世界！

　　然而却认为其只是遭遇自然灾害的人们的不幸！真是让人羞愧啊！

地球强大的自净作用的预告

正如盖娅所说，今后真的会发生高强度的自净作用吗？

当然。地球的状况渐渐恶化，仅靠一两次的地震和火山爆发难以解释目前的气候变暖和环境污染。地球内部的热气在沸腾，不管用什么方法都要将其喷出。地震与火山爆发就是这种自净作用的一部分。

人类排放大量的温室气体，地球大气圈的保护层被破坏，且其速度正在逐渐加快。若开始加速，今后地球将以可怕的速度变暖。

当然，这种状况既是地球的自净作用，同时也包括了宇宙的计划。人类行为所造成的大量污染物质和地球环境破坏使其程度远远超过想象。如果人类对此毫无意识，那么速度会更快。

因此，火山爆发和地壳运动也是无可奈何的。地球内部沸腾的热气使地幔运动活跃，因而使地壳板块跳舞般地运动着，并依靠火山来喷发想要喷出的热气。地球原理很复杂，而如果背离其原理，调整作用将必然发生。

啊，太可怕了。日本海啸瞬间席卷了人类生活的根基。许多人在自然力量面前恐惧万分、不知所措。我感到了自然的可怕力量。

自然不是依据人脑中产生的计算和逻辑来运行的。作为运行的生命体，它是反映和调节的主体。即使会产生众多的牺牲，在需要的情况下，也会翻天覆地地创造新的环境。如果脱离了自然的秩序，也会成为巨大的力量。

如果人类了解了这样的自然，就不会做出毁坏自然或不自然的行为了吧。从人类的角度来看，地震和海啸确实令人悲痛万分，然而从自然循环的角度来看却是不可避免的现象。

您说"自然报复可怕"已经开始了，您能告诉我这种自然灾害变得更为严重的时期和地区吗？

谈到自然灾害的具体时期和地区，说起来并不容易啊！人类应该知道，是全世界范围内发生各种灾害，所以不是某一地区的问题。并且目前已经开始了，其样态将从现在开始变得更加多样、更加严重。许多地方都可能发生洪水、干旱、地震和火山爆发。

地震主要发生在环太平洋造山带和海洋地震带。喜马拉雅山脉和阿尔卑斯山脉造山带以及中东地区地震带都有可能发生。暴雨或台风的样态越来越多样，美国等大陆地带也可能发生龙卷风等自然灾害。

非洲或亚洲地区主要发生酷暑加重、土地干裂等现象；澳大利亚的沙漠化和水灾已经超过了极限；欧洲正在遭受暴雪、洪水、干旱，并且变得更加严重。

如此多样的气候异常和自然灾害今后将接连不断。不久的将来，人们就会深刻体验到这些现象，不禁对发怒的自然产生恐慌。与其想要知道哪些地区发生哪种灾害，不如想想如何应对某种自然灾害，如何减少损失，人类之间是否可以共同合作。这些才是更好的方案和对策。应以明智的判断和快速的应对方案减少人员伤亡和财产损失。

人类虽然好像创造了伟大的文明，然而与自然进行较量却是愚蠢至极。我希望人类能够明智地予以应对。

庞培的悲剧

　　我突然想起了庞培的结局。[①] 庞培曾是一个展示罗马帝国极度奢侈享乐的地方，却因火山爆发而在顷刻间被埋没。曾经沉溺于贪婪和荒唐的享乐中的当地人们都说这是受到了神的惩罚。火山爆发所导致的城市灭亡真的与庞培人的错误的生活方式有关吗？

　　庞培的火山爆发是上天通过自然对人类的纸醉金迷和荒唐行为给予的惩戒。当时的罗马人是一个极具代表性的例子。他们虐待动物、沉溺于性、丧失人性。 不会放过他们这种行为的上天通过自然使其灭亡。这一事

---

　　① 　公元79年8月24日的早晨，处在暑期高峰的庞培，由于突然降临的维苏威火山爆发，面临着毁灭。

件作为一个特别的例子，向人类展示了上天时而严厉、时而仁慈的模样，当上天断定其无法恢复时，就会采取这种方式。

这是一个因人类文明极度堕落而使其灭亡的例子啊！希望历史不会重演！

最后一张牌——人类的觉醒

通过与盖娅的交谈，我知道了人类的觉悟与地球强大的自净作用之间存在着密切关系。该如何看待这一关系呢？

人类的觉悟是对地球的作用和计划产生决定性影响的因素。虽然地球的主人不是人类，但是左右地球许多部分方向的人类却是一个被赋予强大的自由意志的物种和被造物。所以是一个既能破坏地球也能使其向更好方向进化的生命体。

如果人类能够知道这一事实，并如实地发挥自己的作用，就能够与地球上的其他生命体共享自然的恩惠，起到握有最后一张纸牌的"胜负师"的作用。知道自己的作用和无限的能力就会极大地惠及地球和其他生命体。人类被创造的理由就在于此。人类是这样一个存在：依靠自身的选择对自己的生活和整个行星产生影响。

或许该说人类是一个既给人负担又具有魅力的角色！

是的，说得对。人类是一个变数很大的存在。目前地球上因人类而遭受痛苦的生命体非常之多。可以说其原因就是人类的自由意志。因为其他的生命体不会这样发挥作用。人类会变成崭新的面貌，然而需要极大的醒悟才能实现。现在正是需要觉醒的时刻。已经到了不得不尽快做出努力的时候了。

我很担心，人类是否能够尽快地醒悟过来。作为人类的一员，我会充分发挥自由意志，努力将这一事实广布人间。

我很苦恼，是否应该将第4天与盖娅的对话刊载于书中。会不会影射着常被提及的末日论。然而，我决定大胆地刊载于书中。因为在与盖娅的交流中，我始终感受到的是她的爱，而不是恐惧和威胁。变数很大的存在——人类；既给人负担又具有魅力的存在——人类。盖娅说人类已经到了应该改变的时刻了。如果不进行改变，目前的人类文明就有可能像庞培的悲剧一样。

是与盖娅进行长时间交流的原因吗？我似乎感觉不到旅行的疲劳，一时难以入眠。我不禁担心，既不有名也不年轻，又没什么社会影响力的我，果真能够把我与盖娅的对话广布人间吗？人们听了我的话会进行改变吗？我所要做的事不是为了某一个人，而是为了地球、为了地球家人、为了人类，我真的能做好吗？我不禁感到自己身兼重任。

我难以入眠，于是去外面吹吹风。大雨过后，天空繁星密布。这些无数的宇宙星球，身处其中的地球星球，以及身处韩国的"我"这个存在。我感觉在宇宙中的无数存在中，我的存在就像汉江里的一粒沙一样渺小。在这样心无欲念的状态下，许久地望着这些星星，这时仿佛听到星星们低声地对我说：

"不要紧，一切都会变好的。"

"没关系，只要像现在这样一步一步地前进就可以了。"

"相信你自己。信任会产生强大的力量。那么一切都会变好的。"

虽不知这是我身体里响起的声音，还是星星的窃窃私语，但这一声音使我心里得到了安慰。迎面吹来的山风也使我烦闷的内心变得舒畅。

"盖娅，谢谢您！谢谢您这样安慰我！我好像可以安然入眠了。盖娅……"

"不要紧，一切都会变好的。"

——仰望天空，我内心深处便得到这样的安慰。

九屏山——
对地球的爱与渺小实践

　　梅雨消退，微风在炽热的阳光中吹动着。走起来稍微有些热，然而雨停了是多么万幸啊。我打算今天途经附近一片绿色农田走到九屏山。城市生活中要过着所谓的生态生活，也就是使用环保洗涤剂，将有机食物置于餐桌之上。因而内心的某个角落常常梦想着远离复杂的城市，来到幽静的乡下务农。所以自然也对绿色农业感兴趣。

　　静静地仔细观察郁郁葱葱的稻田，里面许多黑褐色的大大小小的田螺在探着触须移动着。水稻迎着风和阳光，与田螺一起在自然的祝福下幸福地茁壮成长。很明显，农夫用他们母亲般的手日日对其施予爱意。

标志着九屏山方向的路标映入眼帘。脚步变得轻盈，步步感受着清风。我闭上双眼迎着清风，浑身的细胞好像被风唤醒了，不禁问道："这风从何而来呢？"行走中，有风也有我。风就是这样一个经过万物并与其交流的存在吧。

走了一阵子就来到了九屏山。这里的人们都这样称呼他们：父亲俗里山，母亲九屏山。不太著名的九屏山反而给人一种幽静的感觉。然而经过山的入口时，却看到削山开路、构筑各种建筑物的景象，美其名曰"开发"。与自然极不协调的开发真让人心里不是滋味。围绕着山岭欣赏着山上的风光，心里眼里舒畅无比。向山上走去，将脚放入清凉的溪水中，脚底接触到的溪水和石子的感觉让人美滋滋的，美美地慰劳了连日辛劳的双脚。九屏山的夏天令人感到悠闲，如母亲的怀抱般安逸。

田螺和水稻的样子让我感受到了农夫的爱。其爱的气息也会完整地呈现在我们的餐桌上吧!

向地球母亲施爱

您的内心似乎很痛，孤独如风般掠过心头。您是辽阔的大地、广阔的海洋。您以雨、雪、暴风雨滋养着我们。您的怀抱中孕育着万物。您是万物的母亲。我感受着您的胸怀，感受着您的气息。

盖娅，您好！走在路上，天气有些热。手臂都晒黑了，感觉有点热乎乎的，清风徐来，真是畅快无比！

风自太古时期便存在了。风是地球上的气压差引起的空气对流运动。风掠过一切、穿越一切，携带着各种信息。所以遇到风就会想起许多事物，也会在风中放飞许多东西。

我真的很喜欢风。风吹时便感觉到内心的转变，沐浴着风、感受着风时好像浑身的细胞都复活了。

如果自然界没有风，就会平淡无聊。风正是气的流动。"风水"中的风指的就是气的流动。

来到九屏山，观赏了九屏山的山岭。九屏的意思是九幅屏风。然而我却感觉其更像母亲的裙幅。九屏山由几座山峰相连，而最后一座山脉——蒸笼峰长得极像蒸笼，让我想起了母亲做的年糕。目前为止，很少有人来，所以山都保存完好。然而，最近削山、开发山脉的景象却与自然极不协调，让人心里难受。

你确实已生发出爱自然之心了！你现在知道用水泥建造的房屋和建筑物与自然是多么不协调了吧？保护母亲山，维持其原状，这是最爱她的方式。如果人类大量涌入，污染只是瞬间之事。

九屏山上的石头很多，所以有些难以攀登。然而她确实端庄淡雅，是拥有母亲之心的山脉。她不仅是九幅屏风，更是十二幅母亲爱的画卷。如果你能感觉到她的爱，那么请你将这种爱带给自然、带给地球。你现在已经怀有这样的心了，所以请你细细思索别人该如何做才会如你一般。

削山盖楼会有利于山吗？只会使美丽的山脉变得丑陋不堪。

当人们拥有这种心灵之眼时，母亲山才会像父亲山那样不被人类污染。

我真想美丽无缺地保存母亲山！

我喜欢人类享受自然之美。因为我希望地球上的所有生命体都能够幸福。自然变化和循环所带来的美丽悄然地使人类和所有的生命体懂得自然法则，并以此使其觉醒，这就是其美丽的目的。然而，当其循环被打破时就会发生可怕的事，这也是自然法则。

盖娅希望人类幸福啊！盖娅对人类的期望是什么呢？

请你们激发爱我、爱地球之心。这是对抚养你们和所有的生命体的我爱的表达。请像子女爱父母、珍视父母那样爱我吧。那么我的爱也会变成宽广的江河、辽阔的海洋返还给所有生命体。

你知道吗？正如地球万物皆有循环系统一样，人类也在循环。其法则就是给所爱的人更多的爱。这也是宇宙的法则。请创建一个爱的循环圈吧！它将拯救地球、拯救地球上的所有生命体。爱在循环的同时，宇宙中的所有星球也在循环，正如其诞生而后消失那样。然而，其爱的能量却存留了下来。

爱是拯救万物的原动力。你想拯救地球吗？那么请爱地球吧！你想拯救自己吗？那么请真心地爱自己吧！这种爱的能量犹如不断上涌的泉水在无限地涌现。

您的爱好像是无色的，像风，像思念的家乡。

我的怀抱宽大无比，地球是象征着无限生命力的地方。这样的地球生病了意味着人类也会马上生病。其他的生命体也是如此。

爱原本就是付出。其他存在在不知不觉间付出爱，如果你们能接受爱并感受爱，就会使其爱变得成熟。地球上许多人类都尚未了解地球之爱。现在，请感受一下我的爱！如果能够重新看到这份爱，人类就会成长。

非洲的痛苦

希望人类尽快看到您的爱!

　　然而人类连自己都不爱了。请想一想非洲吧。那里很多的地区变得越来越干旱,就连被污染的淡水也难以找到,于是人们要走很远的路去找水。喝了这样的水后就会得病,甚至会被毒死,明知道这一危险的非洲人却不得不饮用这些淡水。同为地球人,您在多大程度上将非洲人遭受的痛苦视为自己的事情,或者是有多焦急地试图解决他们面临的问题呢?有那么多的非洲人因为缺乏饮用水而正挣扎在死亡线上,但其他地球人却袖手旁观。地球上很多人长着心吧,如果都有一颗热血跳动的心脏的话,能坐视不管吗?而这恰恰就是目前地球存在的问题。您正在做出怎样的努力呢？

我无话可说。我跟其他人也没有多大的区别，我们该采取什么样的行动、怀揣何种思想才能最大限度地帮助非洲人民呢？

真正地想象一下自己的儿女和家人因为缺水每天过着痛不欲生的生活，身体和内心干渴地快要着火了。不是像援助一样给予他们帮助，不是将我拥有的东西给予同时生活在地球上的家人，而是应该作为将地球变得荒芜不堪的人类中的一分子，去真正解决这一问题。地球人需要的不是对非洲施舍帮助，而是揭示出问题的原因之所在，然后拥有同心协力地去解决这一问题的意识。此外，还需要外界的经济援助以及同为地球人与非洲人共存亡的思想意识。人类应该认识到，非洲人只不过是首当其冲罢了，而这不仅仅是他们的问题。所有的地球人都应该学习如何对待他们以及如何解决他们面临的问题，与他们一起努力。

谢谢您给我指引方向。

　　我再说一遍。当前需要的是多数人的改变，否则我将毫无保留地开始非常严重的自净作用。人类的变化既是我所期盼的，同时也是宇宙早已安排好的。少数人的改变并不是我所希望看到的。

为了至少10%的改变而进行的活动

　　我想起了以前浏览网页时看到的一位名叫Danny Seo[①] 的环境运动家，他从十几岁开始便进行实践。其所进行的环境运动触及我的内心。他不是独自进行，而是向人们输送环保理念，并赋予其意义，举着标语倡导人类共同参与，以生动形象的运动不断地进行实践。这些运动十分有趣。目前人类需要的正是这样的运动吧。

　　　　是的。人类需要从社会层面上共同谋求生活方式的转变。也就是说，参与的人越多，地球盖娅就越具

---

　　① 　1977年4月22日出生于美国宾夕法尼亚州雷丁，父母是旅美韩国人。十几岁就开始环保活动，1998年被《人物报》选为"全世界最美的50人"之一，同年获得了"史怀哲人类尊严奖"。2000年开始，转为追求意识形态生活的设计师，从事再利用和打造亲近自然的居住环境的事业。

力量。

人类的意识潜伏着巨大的力量，具备这种思想意识的人越多，我就越能被其气所影响。之后我的自净作用就有可能有所不同。人类意识的改变以及细小行动的改变将会大大地安慰我，我也开始愿意与人类共生共存。有诚心竭力的儿女，就不会有置若罔闻的母亲。请拿出你们的真诚和心意来吧，那么，我也同样会改变自己的内心的。

虽说自净作用在当前是必不可少的，但只要人类能够幡然醒悟，与我共生共存，我的自净作用就可以变弱，或者只在需要的地方发生。这番话能否对更多的人产生影响，我不得而知，但是相信这一信息的人越多，对人类以及地球就越有利。

多少人类做出努力，情况才会有所缓和呢？一下子改变很多人好像很难。

至少10%—20%的人的意识发生改变才会影响到整个人类。如果最初始于一部分人的变化能够出现在地球上的每个角落，才有可能。只有真心地关爱地球及其家人的人类之心才会改变地球。

人类之心就是气。这些气凝聚起来开始运动的话，就会影响地球上的其他生命体之心。作为地球的我也会被其影响。若有真心想改变地球的这种爱，便会实现其改变。

你已经知道爱的力量是多么巨大了吧？母爱使万物成长。只有使这种母爱在人类中苏醒，生命体才会存活。

感谢您坦率的心灵告白。

认识危机、从小实践做起

要摆脱目前的危机状况，人类首先要做的是什么呢？

要认识到，目前地球和众多的生命体正处于危险的状态。其次，今日即刻进行实践，哪怕是渺小的实践。减少垃圾，节约水源，不使用一次性用品，与自然交流，恢复人性，吃素食，等等，应该从自己能做到的事情开始做起。

例如，塑料袋对人类来说，就是"便利"的代名词，可是对我地球来说，却是最让我头疼的东西。每天都有大量的塑料袋被使用，并且被扔掉。一个塑料袋需要几百年的时间才能完全腐烂并回归大自然，但每个人一天内就会用到好几个塑料袋，我还能说些什么呢？

塑料袋方便了人类，但却阻塞了地球上土壤和环境的气孔，它们已经是癌症晚期窒息之前的状态了。如果将泥土处理不了的物质扔进土壤之中，土壤就会再也承受不了这份重担，撒手不管。然而类似这样的地方正变得越来越多，这自然就打破了生态系统的正常循环了。请大家不要再使用塑料袋了，腐烂不了的塑料袋长久地留在您死后长眠的地方，您会舒服吗？

　　我突然想起了黑色塑料的诅咒，有种恐怖电影的气氛。回想起来，人类的生活普遍都是以污染地球的方式进行的。

　　人类乘坐汽车；整日生活在空调下；购买许多产品，从而产生众多垃圾；用一次性纸杯喝水；<u>丝毫不珍惜水</u>，每天都要淋浴。这些都是城里人的日常生活。

　　人类若能想想这一切会对地球造成何种影响，就会马上明白自己应如何生活了。虽然方便也很重要，然而以地球生命作为抵押的此刻应该自我克制了。因为正是这种以舒适安乐为主的生活使地球变成现在这个样子。

现在应该想着与自然共存，在新的层面上进行努力。不背离自然的生活，思考与自然共存的方法，并予以实践。这样的生活才是最重要的。

你可能会觉得我所说的都是小事，然而如果地球上的众多人口都能那样生活，地球便会发生巨大的改变。现在就是转变生活方式的重要时刻。

有这样的生活方式吗？即使此时此刻无法到乡下生活，但在城市也关爱地球及其家人，不给他们添麻烦。

从此时此刻能够实践的一两件事情开始做起。在房子周边栽种也好，接雨水进行循环利用也好，努力将垃圾减到最少，并与动植物和自然进行交流 。内心的变化会改变行为，如果此时此刻从一两件小事开始做起，就会对地球和动植物给予关怀和爱意。

若想与自然交流并恢复人性该如何做呢？

以爱自然之心进行交流，以寻找自己本来面貌之心来恢复内心的爱。从不断的物质追求和欲望中摆脱出来，从而寻找人类的本来面貌。

　　精心地栽种一棵树，或者做你能想到的与自然共存的任何一件事。每天都对其进行实践，并唤醒自己的意识。这是我所期待的。

素食的必要性

经过山里的一个村子，暂时来到了一个饲养蚕和甲鱼的地方。令我惊讶的是，人类为了满足自己的食欲，竟然专门饲养这些动物和昆虫。甲鱼对环境极其敏感，好像很难饲养。然而为了将其作为人类的补品，人类却为其创造了热环境，艰难地饲养着。人类连这种动物都当做补品来食用，真是令人心里难受！

人类目前的生活方式是不正常的。一面担心着自己的健康，一面捕杀地球上的各种生命体。将这些动物抓来吃就真的健康了吗？健康不是来源于精神和心灵吗？

正如谈到步行时，我所说的话，与其吃甲鱼、整日靠车来运动，不如多吃蔬菜、适当地步行。这才更有利于健康。食用着被如此圈养的动物、昆虫，会有何种气息进入体内呢？明知会死却不得不成长的动植物们绝对不会是健康的食物。这些动物不会感谢人类，只有怨恨。

盖娅，素食为主的饮食方式既有利于自然也有利于人类吗？

目前地球环境污染之一就是来源于人类肉食为主的饮食习惯。为了吃肉，砍伐许多树林；为了饲养昂贵美味的肉类动物，耗费大量的谷物，并以各种不人道的方式对待动物。素食对恢复人性也起到一份作用。以不人道的方式饲养动物，以营利为目的的思维方式对待动物，为了饲养这些动物而使自然遭到极大的破坏。现在应该抑制这种生活方式了。

过度贪求食物、沉溺于美味不是好习惯。以自然的方式获取食物，以感激之情进行素食，才会获得健康的身心。劳动、冥想、健康的食物以及环境幽静的地方会使人类健康无比。

我清楚地知道该如何对待食物了。

真心的关怀

在与盖娅交谈的过程中，我懂得了您的爱。那么我能问问，盖娅您最喜欢的爱的方式是什么呢？

是真心的关怀。不是为了作秀，不是为了促销，也不是为了一句口号，而是真心地想要了解自然，真心地想要与其交流，将其视为共存的生命体来予以尊重和关心。

对小花盆和植物予以不断的关心也会生发爱自然之心。"你看，我在关心你！"不是这种形式的关怀，而是将其视为同存于一个空间里的存在和生命体来给予同等的关心和照顾。这也与谦逊之心相同。

稍微换个角度想想，就会知道许多动植物和自然的存在了。他们满足地球上的无数人类食用、穿戴、生存。而人类却虐待、漠视如此奉献一切、献身自己的动植物和自然。这是极其自私的行为，也是以自我为中心的思想。

知道了这点，人类就又走近了进化。通过扩充意识来与其他的生命体共存，可以认为这正好与人类的成熟相吻合。

可以说，关怀其他生命体并与其共存表现了人类成熟的程度。即使是为了人类自己也应该如此。不是伟大的言语，也不是一句口号，而是每天的实践和源于爱的行动。

原来不是年轻人喜欢的促销式的爱！ 而是学着关怀、学着共存促使人类成长啊！

我有一位认识的朋友得了大肠癌。他十分喜欢喝酒，也是五花肉爱好者，特别是工作至凌晨后，必然要就着五花肉喝一瓶烧酒才会回家。他以此为乐。这样的他得了大肠癌而做了手术，接受着难以忍受的抗癌治疗。之后发生了180度的大转变。不再深夜用餐，而改食餐厅的有机蔬菜，他开始喜欢吃莴苣、马铃薯、红薯，路途近的话就步行。几年以后，他变得比得大肠癌之前更苗条、更健康。

素食、少食有益健康，这一事实谁都知道。然而人们却为了满足自己的食欲而杀害动物，毁坏健康，给地球添麻烦。自己却对此一无所知。

去年我就开始进行素食。虽说不容易一下子改变食物喜好，但也不是那么难。慢慢地改变，现在已经习惯了以素食为主的饮食，好像是理所当然的。素食让人感觉内心舒适、身体轻松。除了素食，我另一个爱好就是经常走路。

在村子里，选择有益于行走的路线，便心情舒畅地走着。边走边与人邂逅，环顾、欣赏着四周，并与所遇的动植物轻声地打招呼。

通过素食和行走，我明白了一个事实——真心地为自己而做的事与为地球而做的事是一脉相承的。小小的实践会使人身心放松，使人发现生活中点点滴滴的喜悦。

生态共同体——
造房、种田、播种希望

　　走了几天的路，回顾着自然和生态界，通过与地球盖娅深刻的交流，我觉得，改变生活方式应该付诸行动。边走边想，赶紧去做。我又想起了曾与我一起做过冥想的朋友们去年就搬到了乡下，开始创造生态共同体。

　　虽然朋友们去年就让我一起去共同体，然而当时却不能痛快地做出决定。我也十分梦想过上生态共同体性质的生活。阅读了《芬德霍恩的农场故事》一书，虽然羡慕他们，然而真要将其付诸实践时却会犹豫不决。于是对他们说：我考虑一下。已经几个月过去了，偶尔联系时他们总是对我说可以随时来访。

我觉得随时拜访的时间好像就是此刻。徒步旅行的路线离朋友们所在的生态共同体也近，而且朋友们已经按照盖娅所说的生活方式在生活了。这更加鼓舞着我。

于是我联系他们说想要拜访，他们都十分高兴。老朋友在任何情况下都令人踏实。我刚到共同体便高兴地相迎。现在依然在帐篷里吃饭，农事因人手不够而有些忙碌，然而已经渐渐具有了共同体的形态。他们的每一双手上都附着着对村子的热爱。

迎接我这个不是客人的客人后便去田里采摘蔬菜和水果作为午餐，置备了一桌朴素的午餐。刚摘的蔬菜蕴涵着泥土的气息，比皇帝的膳食都美味。朋友说刚弄到几只才退去铅华的小土鸡，便让他带我去看。黄色的小鸡别提有多美了，我看了好半天。

房子几乎建好了，然而由于农忙和家里家外都需要整理，需要动手的地方很多。看到朋友们所过的生活，想要搬到这里住的想法更加强烈了。农活和盖房这些事我一件都没有做过，所以走了很多弯路，然而有经验丰富的朋友在身边，内心感到无比踏实⋯⋯

最令我欣慰的是徒步旅行即将在共同体这里告一段落。盖娅所嘱托的小小改变已经在这里发芽了，让我感到十分幸运。

刚从地里摘来的蔬菜，仅是看着就让人心里美滋滋的。它们接受着阳光、风、雨水以及人类之爱的灌溉而茁壮成长，其本身也是一种补药。

生态共同体上的生活

　　盖娅，今天我来到了生态共同体。虽然天气炎热，但在生态共同体上栽种了大豆，亲自采摘了蔬菜和水果，置备了一桌朴素的饭食，与朋友一起津津有味地品尝着。朋友们正在开垦生态共同体，好像有很多事情要做。

　　重新打造生活的根基，自然会如此。有没有想过以这种方式进行生活呢？

　　有，我想认真地学习种田，用我的双手将村庄装扮得美丽动人，与人们和和睦睦地相处。

　　共同体无疑是有助于相互发展与进化的方式，它能够创造人们无法独立完成的事物。似乎有很多需要共同努力、相互学习的东西。与自然息息相通的共同体，与人类息息相关的共同体，看起来是那么美好！

目前尚处于学习和起始阶段。然而我想怀着梦想和希望共同创建它。

我估计，一个曾生活在城市中的人若要开始新的生活，需要重新学习和了解多少东西。逐渐了解和学习这些东西，并掀开促使你成长的自然笔记。每天都会体验到惊奇，每天都能够学习自然的正直和勤劳。

虽然干的不多，然而我却喜欢在土地上汗流浃背地忙碌着。

这样的话，你就会做得很好。人类劳动是使人类健康正直的方法。这不是通过言词而是通过实践所得到的体会。

我觉得生态共同体是保护地球环境、促使人类健康的生活方式。但这种生活方式现在还会有助于保护地球吗？

　　当然。生态共同体才是我希望人类拥有的生活方式。因为它是这样的生活方式：不危害自然，不无限消耗自然界中的资源和动力。可以说是所有动植物都被尊重的一种生活方式。

生态共同体最早扎根于欧洲、美洲等物质文明发达的国家，多数人对共同体生活方式也给予认同。在物质文明发达的地区进行这种运动会更有希望吧？

　　共同体生活的本质是人性的恢复和与自然的沟通，也是（通过人类生活方式的改变得以实现的）地球与生命体的共存。在欧洲或发达国家形成的生态共同体常常在精神上给予关心，亲近自然，创造它们独有的文化，这是事实。
　　其更需要做的不仅是本人享受这种文化和生活方式，而且要将其广布人间，引导更多的人共同参与。现在就是该这样做的时候了。虽然悠然自得地过着自己的生活、追求自己的幸福也具有意义，然而在生态共同体上应该真心去做的事情之一便是共同生活，使其成为众多人的觉醒之地，认识到真正的幸福在于分享。

可以说目前成为生态共同体一员的人们都拥有这样的使命。想要平日里吃饱穿暖是人类的本能，然而目前地球正面临危机，为了应对这一危机，共同体应该促使人类觉醒，向其展示觉醒的生活，使其共同参与。

盖娅，您向人类展示了伟大的蓝图啊！您的意思是，不是独自在共同体上安逸地生活，而是将其作为一种生活模式展示给更多的人，使其共同参与吗？

是的。为了使地球渡过危机向新的维度跳跃，人类应该凝聚力量。就是说，作为同乘一条船的命运共同体，应该使更多的人了解并改变目前的状况。好好理解我说的话，为地球、为自己不断前进。现在就是该这样做的时候了。

农事礼赞

在共同体上，农事是一件重要的事，请您谈谈农事，好吗？

正如我上次所说，应该进行与自然协调的农事活动。由于贪心，人类使用化学农药杀虫，使用大量的肥料，这种方式会破坏生态系统、造成土地荒废，是不可取的。而人类却一门心思地想要无条件地实现高产，产出外观良好的作物。

这样的农作物虽然外表看起来似乎不错，然而事实上，其营养素和气都是不均衡的。味道上也常常降低了原有的香气和固有的味道。人类的贪心也使农作物失去了均衡。

我想拜托人类以自然的方式进行农耕生产。多样化地栽种并均衡地摄取农作物，向小规模农耕转变，恢复土地的力量。如果连土地都无法呼吸了，人类又怎能期待在土地上种植粮食、收获粮食呢？

　　您是说农田变得极其荒废吧？我知道今后应该如何进行耕种了。在我们的共同体上有能够与动植物交谈的人们。所以可以一边与植物、大地交谈，一边以学习之心进行耕作。您觉得如何？

　　啊，如果能够这样做就真的太好了！因为通过交流能够获得更丰实的收获，也能够轻而易举地接受植物和土地传递的感觉和气息。土地和植物的力量非常有助于人类的身心恢复本来的面貌。植物拥有治愈和使人安定的气息；土地拥有富饶和母亲的气息。

　　城市中无法感受到的大自然的气息能够恢复人类的本性。

　　所以祖先们才会说"农者天下之大本"！

是的。任何人都应该成为农夫，以此来了解生命的宝贵，领会自然的原理。还有比这更好的人生课堂吗？

在古巴，科学家、教授等知识分子阶层都一边进行农事活动一边从事其他职业呢！他们将农业视为根本，很自然地称自己为农夫。

这样的科学家和教授所传授的学问才是生动的。使人类的生活亲近土地；尊重动植物生命体；不断地从事自身领域和其他领域的活动。这些才是和谐的状态。

盖娅，农事是人类生活的一部分，若能直接生产自己的食物，并将剩余部分与邻居交换或分享，就不可能污染环境。生产的粮食中充满着爱与气，从而给生活带来生机。

正是如此。自己直接生产粮食，不大量使用有害农药，精心地栽培作物。此外，知道生命的宝贵，即使是自己栽培的也要珍惜地食用、对待。具有这种爱与气的人所栽培的作物自然充满生机。这就是直接从事农耕活动的方法。也是创造富饶生活的方法。人类的文化自离开土地的那一刻开始就变质、扭曲，丧失了人性。这句话的意思正在于此。

今天您好像成了农事礼赞论者了呢！我也极有同感。

从事农业耕作就不会成为骗子。我希望人类能够恢复本来的面貌。

人类文化的改变

在盖娅看来，人类对地球危机和变化的准备程度如何呢?

现在还十分微不足道。只有少数人意识到危险并积极采取行动，而大多数人只是接近环境的层面上。对自身的醒悟和觉醒所做的准备是很微乎其微的。对物质文明的追求使许多人迷迷糊糊地被美梦所迷，失去了生活的本质。

人类应该放下内心深处的贪婪和沉迷于物质的欲望。实际上，人类拥有的大部分东西都是人为的，而不是自然赐予的礼物。沉溺于金钱、权力、性。请看看人类所追求的这些东西是否真的有价值。这些人类世界所创造的价值很难长久地持续下去。

人类应该放下对占有的迷恋，学习共同生活的方法。为了人类和地球上更多生命体的幸福和富饶，应该学会放下想要占用的欲望。只要稍微想一想就会知道，如何生活才会获得真正的自由与幸福。

若人类放下了这些欲望，就不会像现在的不法之徒那样了吧？

是的。因为这样做，就不会为了拥有更多而做出过分的行为；就会自然地与他人分享；就不会做出有害于地球和地球上的其他生命体的事；就会懂得通过分享来自于大地的富饶来获得满足；就会理解自然之理。

那么像现在这样生活于都市的我们，要放下人类心中的欲望并不容易吧？

土地对生命体来说是根源之地。你环顾一下城市，还有多少土地？只剩下全部用水泥包装的灰色。在这种地方，人类所能够想到的只不过是混凝土般僵硬变形的东西。人类脱离土地是无法健康生存的。这是不言而喻的事实。

土地是人类的诞生之地，也是人类的回归之地。离开了这种类似于自己遗传因子的土地，将如何拥有健康、健全的身心？人类创造的都市这一产物才是使人类丧失人性的源泉之地。为了寻回本性，为了端正地树立生活的方向，人类需要重返土地。

尽管人们都说喜欢生活在土地上，然而却常常无法真正地付诸实施。许多人一直生活在城市里，所以好像很难改变其生活方式和生活的根基。似乎需要一种能够改变人类整个文化的运动。

说得对。人很难独自生活，所以如果社会文化和氛围变得如此，人们就很容易与其步调一致。生活在土地上的人越来越多，共同减少不必要的欲望、减少消费成为美德。现在需要的就是这样的文化。不是像现在这种鼓励大量生产、大量消费、多赚多花成为美德的文化，而应该转变为"懂得少赚少花、共同分享、共同交流"

的文化。应该使"懂得珍惜地球上的所有资源"成为下一代的文化。

这要通过改变人类的思想来实现，知道生活的目的是什么。想想在特定的时间里，能够利用有限的资源做些什么，并将其付诸行动。这才应该成为生活的目的。

重要的觉醒时期

与您交流的过程中，我感觉盖娅您比任何人都关心进化。而且地球目前也正在积累着剧烈的变化。目前地球这一星球正处于何种时期？

人类也要经历儿时到成年的过程，意识才会成长。到了某一时期，积累的经验会与对发展的需求相吻合，同时意识也会飞跃般地成长。现在就是宇宙计划赋予地球这种机会的时期。长久以来作为地球上的意识体而存在的人类好像从未经历过目前这种重要和艰难的时期。

目前影响地球的因素不是其他的生物，正是人类。人类是最大的变数吧，动植物们已经知道了地球将要发生净化作用的事实，并且已经做着准备，或者极力挺过这场考验。而影响变数的最终部分的一张牌正是人类。

有什么方法能换掉人类握有的这张牌吗？

醒悟。从深度睡眠中醒来，找到自己的位置，履行地球保护者的职责。此外，做好应对当前时代变化的准备，并准备通过自身的觉醒完成自身的进化。拜托你们快点醒悟吧。已经没有时间了。人类能够发挥的作用应该由人类来发挥。我无能为力。

我真切地感受到盖娅您焦急的心情。长久以来，您一直忍受着人类的莽撞，很辛苦吧！

是的。我要承受人类众多的欲望，不是一般的累啊！人类应该不断地转向这种生活模式：重新思考人类的生活模式；生活在土地上；懂得与动植物交流。虽然已经有很多人这样生活了，然而社会上却不认为这些人生活尊贵。

虽然有些晚了，但是我想从我开始做起，回归土地去生活。我想感受土地给予的富饶；把自己交给自然之理；健康自然地生活。

你的想法真的很好啊！切身的感受和实践胜过千言万语。你会通过这种生活获得更多、感受更多。当这样的人逐一增加的时候，地球也会变得更健康。我为你的选择鼓掌。

盖娅，我想以一颗重新学习的心来实现一切。而要了解自然之理也要花费时间和精力吧？

当然了。但是你的心已经豁然敞开，会很容易理解和学习的。不要觉得是在工作，而要觉得是在冥想、是在与自然交流就可以了。不要将此视为艰辛。这将是摆脱城市生活中的懒惰、熟悉自然的勤劳的时间。

一辈子都生活在城里的人来到农村，亲自盖房，亲自耕种，又有那么多有趣的故事。倾听这些经验之谈和英雄故事，对于尚未在农村生活过的我来说是极其有趣的。就今后如何创建村庄交换自己的想法，就应该种植何种作物互相交流着，不知不觉共同体上的夜晚已经变深了。

以前上大学的时候，在学校前面遇见一位半通不通的算命先生说我极有"人福"。现在这样笑语喧声地与朋友们一起迎接质朴而多情的夜晚，这样看来以前学校前面的算命先生好像不是蹩脚巫婆。所谓"人福"不就是志同道合的人们聚在一起而福气涌动的意思吗！

我说想要和他们一起生活在这里，朋友们都展开双臂欢迎。在世界的一角有如此欢迎我的人，让我心里暖暖的。感觉没有比拥有志同道合的朋友更幸福的事了。

返回首尔的路上——
激动超越恐惧的日子

　　徒步旅行在共同体结束了。我已经向朋友们传达了自己想要去共同体一起生活的想法。现在就剩下回到首尔与家人商量、整理一下那里的事情了。于是暂时告别了朋友返回首尔。

　　步行了几日，突然坐上了许久未坐的车，不知怎么总感觉像借穿了别人的衣服那样别扭。一看到车窗外边美丽的道路就出奇地产生一股想行走的冲动。

一接近首尔，灰色的鳞次栉比的建筑取代了绿色的山脉和原野映入我的眼帘。充满了煤烟和热浪的灰蒙蒙的空气、接连不断的汽车噪音好像表达熟悉之情一样打着欢迎的手势。我重新体会到了自己数十年来一直生活在如此令人窒息的地方的感觉。

一到家，家人们便高兴地相迎。他们说一直担心我在瓢泼的大雨中是否安然无恙地旅行。我忽视了自己作为母亲和妻子的角色，然而对我生活的方式予以尊重的家人真的让我感谢万分。我小心翼翼地跟丈夫和女儿说想要去生态共同体上生活。他们可能知道在十多年的冥想过程中，我一直梦想着归农。很幸运的，他们没有怎么反对这件事。他们说等我安顿好了，他们也有整理首尔的生活到乡下去的想法。

回到首尔的夜晚，我感觉自己变成了一位陌生的客人，直到深夜都难以入眠，真切地感受到了闷热的空气和城市的噪音。内心深处不禁想早日摆脱这个城市的沉闷。

盖娅，我回到首尔了。回到这里，以前没有感受到的空气污染和噪音令我极度烦闷。其他人也肯定感受到了空气污染和噪音，然而人们现在已经变得没感觉了，看起来好像没有感到不舒服。为了让他们了解地球的痛苦，该从何做起呢？我有些迷茫。

与他们分享你的经验。广泛告知你为什么想要在共同体生活，你是如何开始了与我——地球的对话。不管是通过书还是网络，有意识的自然会知道虽然你与我的对话貌似始于偶然，然而目前宇宙和地球正在向众多的人发送波长，就是为了告知目前的变化。能够收到这种波长的人已经开始改变了，而像你这种善于沟通的人可以通过这种对话的方式来传递某种信息。请将你感受到的一切如实地传递给人们，并告诉他们你的实际变化。告诉他们你转变了生活方式，与自然进行了交流，与地球进行了对话。若能倡导他们共同治愈地球和人类就更好了。可以说你已经开始了。

我已经决定开始共同体生活了。而其他人也会想要参与到生态共同体中来吧，该怎么做才会轻易地改变生活方式呢？

需要真正地接近生活；需要了解这一时期；需要对人类生活进行深入的考察。认识到人类真正需要的是什么，问问自己哪种生活是具有价值的。

了解时期性状况才是最重要的。知道地球正面临变化的时期，对此做出应对，为人类自身的进化而做好准备。这些才是最重要的。毫无准备地迎接下一时期会遇到难以承受的情况。查一查各种资料和书籍，听一听、感受一下接受波长的人们异口同声的话语，并想一想地球目前的环境和气候。地球真的不要紧吗？如若不然，会怎样变化呢？你们应该知道现在再也不可能用手掌遮住太阳了，应该知道变化已经开始了。只有共同参与这一变化的人才会活下去。现在是需要准备的时期，为了这一准备，人类应该改变生活方式。

不参与生态共同体而在城市中过着亲近自然的生活。这样做可以吗？没有（很难马上离开城市的）人们可以实践的小小方法吗？

在城市中生活会艰难地迎来变化时期。目前可以在城市中做的就是侍弄它旁地，与自然交流，为了治愈地球和改变人类而万众一心。只有当自然与人类不是各自存在而是共存时，人类的生活才可能持续下去。很难期待都市文化实现划时代的改变，所以请以意识觉醒的人们为中心，不断地进行小小的实践、凝聚力量。人心就是力量，因而这样做是有益的。通过与自然的交流改变自己，热爱动植物、创造有益于地球的活动。这样做的话就会有更多的人共同参与。然而不要忘了：时间已经不多了。

我觉得在整理一直以来的生活方面最大的障碍就是恐惧。有些人虽然也有爱自然、爱地球之心，然而由于需要抛弃现有生活而去适应新环境的恐惧，而无法欣然地选择生态共同体上的生活。我应该对这样的人说些什么呢？

先让他们亲自实践一下。实践胜于千思万想，会产生力量，会让他们知道这并不是一件难事。也可以让他们见一见已经实现生活方式转变的人，体验一下这种生活。这也是一种方法。对你来说最重要的是你自己，而不是人们所想的普遍价值。人类创造的价值随着时代而改变，其改变目前已经大规模地实现。请感受一下这种变化之风和变化之气。然后问问你的内心：我真心要走的路是什么…… 你目前正处于重要时刻——有可能再也无法返回的时刻。

盖娅，谢谢您的鼓励。七日的旅行中我学到了、感受到了很多。希望我能以您的爱唤醒人们内心的爱。我将迈出有力的第一步。

真要收拾行李、离开过去的生活，我的内心百感交集。离开首尔令我感到轻松无比，而要告别熟悉的一切，又令我感到依依不舍。然而不舍只是暂时的，在共同体的生活是我一直想要的生活。对这种生活的期待和激动之情却更为强烈。自由自在地冥想，与自然和人类交流，进行耕作，装扮村庄，过着不同于以往的生活。想要拥有一切的欲望在我心底油然而生。人们必然会对从未有人走过的路感到恐惧。未走过的路是未知的世界，无法欣然地选择这条路是由于恐惧。朋友们建议我同他们一起去共同体生活的时候，我无法欣然同意也是由于恐惧。然而，通过几天的行走，通过参观自然，通过与盖娅的深切交流，对新路的恐惧已在我心中消失殆尽。

现在就是开始。我想在土地里流着汗、干着农活，与盖娅交流，传递其信息，每天都开辟全新的生活。

要走人生中不同于以往的路是既激动又恐惧的事。然而，如果拥有志同道合的朋友和坚定的意志，就会微笑着走向那条路……

结 语

与盖娅的对话对我来说只是小小变化的开始。我已经一点一滴地实现对地球的关心和生活中小小的实践。

可以说在某些方面，这些事情多少有些麻烦。不知不觉间，杯子和手绢已经成了包里的必需品，寻思着如何减少哪怕一个塑料袋，打开水龙头便会首先想到非洲的人民。尽管只是渺小的实践，自己却感到美滋滋的。看到如此做的人，也会给予一个温暖的微笑。

交流具有改变他人的力量。与地球的交流使我深刻地感受到了地球的痛苦，而对其痛苦的共鸣也改变了我。

这一改变真真切切地向我走来的原因是地球目前已经疼痛得无法忍受了。这一疼痛既是地球之痛也是人类之痛。人类患了名为"无知"和"自私."的病，然而却不知自己患了这种病，给地球和其他生命体带来深深的伤痛。

我已经知道：地球的治愈正是人类的自我治疗，是使人类成长、觉醒的契机。人类的意识拥有潜在的力量，其力量凝结起来就会使地球和人类走向康复。

盖娅拜托我："目前重要的是多数人的改变，请你使真心想要改变的人不断增加，并创造可以共同参与的氛围。"我觉得其实现的途径正是通过"文化"这一方式。如果说文化是大多数人的取向和偏好，那么就意味着目前需要人类文化实现巨大转变。如果说一直以来都是竞争的文化、断层的文化、占有的文化，那么就需要向以交流、共存、分享为基础的文化转变。

盖娅说人类在地球上不是首次存在。以前人类就独自灭亡过。是因为什么呢？虽然历史可能会重演，然而也具有通过经历得以进化的意思吧！

所以我想说说"希望"。现在正是时机，是互相给予希望的时刻。为了希望，我决定从自己开始改变。我常常想起盖娅所说的话——时间已经不多了。

前不久，我整理了首尔的生活后搬到了生态共同体。开始学习耕种和装扮村庄。以冥想迎接每一天，在田里边劳动边与自然交流，与村里人一起生活着。虽然来到这里之前也有过犹豫，然而现在却感觉自己做得很好。这种想法与日俱增。

我希望通过这本书，能够使更多的人与盖娅交流，共同关心地球、治疗地球，与自然一起共同过健康、生态的生活。

最后，对一直以爱心焦急地守护着我们的地球母亲——盖娅说：我爱您！

动植物告诉人类的
拯救地球的微小实践

1 养成不影响大自然的生活习惯。减少手机的使用，减少垃圾。

2 为了地球和自己的健康，请将步行生活化。

3 明白人类也是自然的一部分，每天抽出时间与自然进行一次交互感应。

4 抛弃只为人类自己而追求安逸的欲望，过朴素、亲近自然的生活。

5 居住在小房子里，节约水电。

6 用感恩的心去面对水、空气、阳光等自然无私施与人类的爱。

7 进餐时常怀感恩之心。

8 感悟到动物是人类的伙伴，是拥有自由生存权利的宝贵生命体，因此要尊重它们。

9 减少肉食，将素食生活化。

10 帮助痛苦中的地球家人，每天为它们祈祷。

拯救地球的微小实践!

为了地球,您在生活中做着怎样的实践呢?

您将一周内为了地球而做出的实践活动发给我们,我们将从平均分在70分以上的人之中抽出100人,为您献上您喜欢的树仙斋书籍。

应征方法:

1. 一周期间认真践行为了地球的微小实践列表。
2. 核对每一项实践活动后,用相机将其拍下。
3. 实践活动中,将自己的感受发表在博客(微博)上面,同时一并上传自己喜欢的树仙斋图书、照片。
4. 访问树仙斋网页,选好您想要的图书。
5. 访问新人类网页参加赠书活动。

· 树仙斋网址: www.suseonjae.org

· 新人类网址: www.xinrenlei.cc

· 咨询邮箱: jangeunseong@suseonjae.org
　　　　　　　xrl2025@gmail.com

拯救地球所做的微小实践核对列表

❶ 手机通话时简短明了，减少不必要的通话。

周一 yes☐ no☐　　周二 yes☐ no☐　　周三 yes☐ no☐

周四 yes☐ no☐　　周五 yes☐ no☐　　周六 yes☐ no☐

周日 yes☐ no☐

❷ 关闭不用的电器电源，将插头拔出。

周一 yes☐ no☐　　周二 yes☐ no☐　　周三 yes☐ no☐

周四 yes☐ no☐　　周五 yes☐ no☐　　周六 yes☐ no☐

周日 yes☐ no☐

❸ 使用杯子盛水漱口，节约用水。

周一 yes☐ no☐　　周二 yes☐ no☐　　周三 yes☐ no☐

周四 yes☐ no☐　　周五 yes☐ no☐　　周六 yes☐ no☐

周日 yes☐ no☐

❹ 为了减少垃圾，将垃圾回收利用，克制一次性物品的使用。

周一 yes☐ no☐　　周二 yes☐ no☐　　周三 yes☐ no☐

周四 yes☐ no☐　　周五 yes☐ no☐　　周六 yes☐ no☐

周日 yes☐ no☐

❺ 为了地球及自己的健康，在一两个公交站牌之间或很近的距离之间步行。

周一 yes☐ no☐　　周二 yes☐ no☐　　周三 yes☐ no☐

周四 yes☐ no☐　　周五 yes☐ no☐　　周六 yes☐ no☐

周日 yes☐ no☐

❻ 步行时不要想任何事情，并向遇到的天空、大地及动植物致以亲切的问候。

周一 yes☐ no☐　　周二 yes☐ no☐　　周三 yes☐ no☐

周四 yes☐ no☐　　周五 yes☐ no☐　　周六 yes☐ no☐

周日 yes☐ no☐

❼ 吃饭时，对大自然毫不吝啬的爱心怀感激。

周一 yes☐ no☐　　周二 yes☐ no☐　　周三 yes☐ no☐

周四 yes☐ no☐　　周五 yes☐ no☐　　周六 yes☐ no☐

周日 yes☐ no☐

8 感悟到动物是人类的伙伴，是拥有自由生存权利的宝贵生命体，因此要尊重它们。

周一 yes☐ no☐　　周二 yes☐ no☐　　周三 yes☐ no☐
周四 yes☐ no☐　　周五 yes☐ no☐　　周六 yes☐ no☐
周日 yes☐ no☐

9 减少肉食，将素食生活化。

周一 yes☐ no☐　　周二 yes☐ no☐　　周三 yes☐ no☐
周四 yes☐ no☐　　周五 yes☐ no☐　　周六 yes☐ no☐
周日 yes☐ no☐

10 帮助痛苦中的地球家人，每天为它们祈祷。

周一 yes☐ no☐　　周二 yes☐ no☐　　周三 yes☐ no☐
周四 yes☐ no☐　　周五 yes☐ no☐　　周六 yes☐ no☐
周日 yes☐ no☐

拯救地球及其家族的33种爱的实践

① **能源** 夏天以26度、冬天以22度度过：暖气与空调是能源杀手。

② **环境** 坚决遵守垃圾分类处理方案：循环利用"我"所堆积的垃圾，就可以再利用60亿个垃圾。

③ **能源** 使用电子产品后，拔掉电线：待机状态下消耗的电能比使用时消耗的能量更多。

④ **环境** 不剩饭：在非洲，目前仍有因饥饿而死亡的人。

⑤ **能源** 直接关掉没有必要开着的电灯：请不要让电灯孤单。

⑥ **能源** 用手帕代替卫生纸：现代人的礼仪是兜里的手帕。

⑦ **环境** 制造双面纸箱进行再利用：请救救树吧！

⑧ **环境** 不使用纸杯：树是氧气制造器。

⑨ **能源** 路途近的话就步行：健康与节能一举两得。

⑩ **能源** 开车时不急刹车、急行驶：加速是一种耗油如流水的行为。

⑪ 环境 吃地方生产的食品，而非进口农产品：进口物品会产生巨大的碳。

⑫ 环境 不吃（导致环境污染与破坏的）快餐：有害健康。

⑬ 动物保护 劝导周围喜欢吃肉的人多吃蔬菜：动物是与人类同等的生命体。

⑭ 环境 在超市使用环保购物袋：塑料袋经过一百年都不会腐烂。

⑮ 环境 不包装礼物：不必要的包装会污染环境。

⑯ 动物保护 不穿毛皮大衣：动物是与人类完全相同的生命。

⑰ 环境 不随便折花：请保护植物吧。

⑱ 环境 刷牙、打肥皂时，关闭水龙头：请减少多余的用水量。

⑲ 环境 若有勇气的话，购买再利用物品：塑料不腐烂。

⑳ 环境 戒烟：污染空气，也有害于周围人的健康。

㉑ 环境 不使用纸巾：请救救树吧！

㉒ 环境 拾起住宅周围的垃圾：这是保护环境的开始。

㉓ 环境 不使用破坏环境的厨房用品（漂白咖啡过滤

器、塑料保鲜膜）：它们不腐烂。

㉔ **环境** 不购买不需要的物品：不要因为打折就买东西。

㉕ **环境** 积极推动"节约使用、分享使用、交换使用、再次使用"运动：循环利用是环境保护的开始。

㉖ **环境** 不使用一次性尿布、一次性卫生巾，而使用棉尿布、棉卫生巾：一次性用品会使地球淤血。

㉗ **能源** 食用宅房地（室内）栽培的蔬菜：有利于精神健康。

㉘ **环境** 使用有机制品：如果减少人工肥料的使用的话，土地就会复活。

㉙ **能源** 以走楼梯来代替电梯：既有利于健康又节约能源。

㉚ **环境** 确定一个绿色导师，并努力向他学习，将自己的实践经验与周围的人分享：与值得尊敬的人一起进行实践是一件非常愉快的事。

㉛ **环境** 为了保护环境，花费时间与金钱，并进行捐赠：让别人过得好也是一件开心的事。

㉜ **环境** 每天一起为地球祈福：将集体无意识转化为积极的方向。

㉝ **能源** 冬季穿内衣：能够减少10%的能源。

　　"冥想"中　"冥"　的字意为"闭眼"，　"想"的字意为"专注"。　冥想的字面意思就是"闭上眼睛，专心致志"。也是摆脱来自周围不必要的杂念和影响我的事情，去追求自己渴求的真理，并不断完善自己内在之美的过程。人可以通过这种过程做到不依靠他人完全独立的一个整体。在冥想过程中，如果能达到毫无杂念的平静状态，就可以通过非常低的波长对曾经毫无关心、从未想过的事情或事物产生好奇和爱心。

　　冥想学校树仙斋(www.suseonjae.org)是在韩国始于1999年的冥想团体。他们通过冥想恢复了断绝已久的与自己内心、邻居、自然、宇宙的关系，并与他们和谐共存当中找到了真正的幸福。并且将自己领悟到的真理传递到家族、邻里和这个世界，实践与自然万物和谐共存相辅相成的生活。树仙斋从图书《与人类对话灾难—动物们传递出的拯救地球及全人类的希望信息》为开始，分别以《危情地球，诉说着希望》、《与地球同行的七日之旅》、《地球危机中的幸存急救方法》等系列丛书传递着自然与地球告诉人类的危机与希望。

新人类是热爱仙文化并付诸实践的人们。新人类的宗旨是关爱他人和大自然并追求自然的生态生活。目前的异常气候和自然灾害等等现象是现代人远离自然地生态生活而面临的生态危机。虽然人类的鲁莽式开发和破坏环境是生态危机的直接诱因，但是更大的原因还在于人类自私自利的利己主义、利润至上的资本主义欲望以及追求物质富足和享受所造成的人性的丧失。生态危机既是人性的危机，新人类以仙文化为基础努力实践人性回归、关爱他人、爱护自然。我认为能够帮助人性回归的最佳选择是书籍。所以新人类(www.xinrenlei.cc)通过开设新人类书吧与当地居民分享优秀图书，并且成立"新人类公益社"来实践对人与自然的关爱，与当地居民进行沟通和交流。

新人类独家代理"韩国图书出版树仙斋"的书籍。借此机会向为了《与地球同行的七日之旅》的出版而付出努力的"韩国图书出版树仙斋"的相关人员和中国社会科学出版社的王斌老师和武云老师表示真挚的感谢。

2012年春

新人类 金重模敬上

二维码图像及使用流程图

内容为与本书相关的视频及精美图片

酷号：14357578

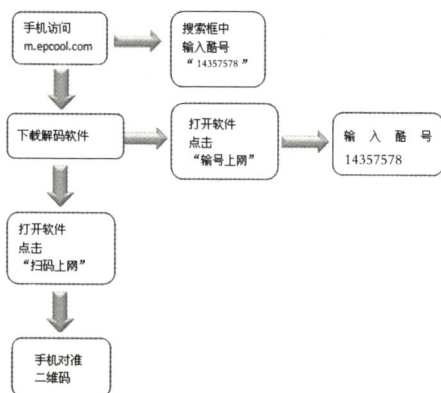

备注：下载软件和扫码免费，点击链接运营商会收取相应流量费，下载的内容免费。

技术支持：飞普越网络科技（北京）有限公司

客服电话：010—58851616—895